スレイヤーズ
すぴりっと。
『王子と王女とドラゴンと』
さあ、
これからも共に！

「KADOKAWAライトノベルEXPO2020
公式記念本　サクラ コラボレーション」
使用イラスト

スレイヤーズすぴりっと。

『王子と王女とドラゴンと』

神坂 一

ファンタジア文庫

3481

口絵・本文イラスト　あらいずみるい

目次

魔法使いの弟子志願

「おや。じゃああんたがリューナちゃんのお師匠さんかい？」

「……へ？」

意味不明なことをいきなり言われ、あたしは思わず顔を上げた。

小さな町の小さな宿屋。

気まぐれ気ままな旅の空。足を延ばしても一つ先の村には宿がないと知り、今夜はここで泊まろうと、かなり早めの時間ではあるが部屋を取り、宿帳に名前を記したとたんのことである。

「やっぱり弟子のことが気になるってかい？　けどあの子のお師匠さんにしてはずいぶん若いねぇ。ひょっとしてそれも何かの魔術だったりするのかい？」

「いやあの。」

なんだかべらべらまくし立てる宿のおばちゃんに待ったをかけて、

「師匠って何？」

「何って——」

おばちゃんは、たった今宿帳に書き込んだ、あたしの名前を指さして、

「あんた、リナ＝インバースさんだろ？」

「そーだけど」

「リューナちゃんのお師匠の」

違うけど。

そう言いかけたことばを、しかしあたしはのどもとで止めた。

──なるほど。そーゆーことか。

なんとなく事態を察したのだ。

じまんといえばじまんだが、このあたしリナ＝インバース、東に野盗あれば行って吹っ飛ばしておたから没収、西にゴブリンの巣があれば行って巣穴ごと吹っ飛ばしてたくわえがあれば没収。そんなこんなを続けるうちに、良くも悪くも名前はそこそこ知られるようになっていた。

そうなると、あたしをかたるニセモノなんかも出てくるわけで。

おそらく今度のはその亜流。自称弟子というところだろう。

ならば。

「んー。どーだろ」

あたしは答えをはぐらかしつつ、口の前に一本、指を立て、

「で、そのリューナちゃん、って子はどこで何してるか知ってる？」

まるで『ご想像通り弟子が心配でこっそり見守りに来た師匠だけど内緒にしてね』とい

ったふう。

これぞ舌先三寸奥義《おうぎ》の一つ、ウソは言ってないけど相手に誤解させやすい言動っ！

「なーるほど、ね」

狙い通りおばちゃんは、まんまと誤解してくれたのか、察したような笑みを浮かべて、

「リューナちゃんなら、東の森に出るトロルを退治に行ってるはずだよ」

あっさり行き先を話してくれる。

――おーし。なら次は――

どーゆーつもりであたしの弟子を名乗ったのか、そこのところをはっきりさせるっ！

勝手に弟子を名乗るだけでも見過ごすつもりはないのだが、もしも悪事に利用する気なら、ちょっと後悔してもらう必要があるっ！

あたしは部屋に荷物を置くと、おばちゃんにくわしい場所を聞いてから、東の森とやらへと出かけたのだった――

夕暮れまではまだ遠くとも、森の中ははや暗く。

ひんやりとした空気の中に混じり溶け込むのは、青草のにおいと足元に積もった枯れ葉の朽ちかけたにおい。

うっそうとした木々の中を、あたしは足早に歩みゆく。

そこそこ広い森の中、たった一人を探し出すのは大変に思えるかもしれないが、とーぜんながらアテはある。

自称あたしの弟子とやらは、トロルを退治しに行ったとの話。

トロルというのは、人間よりふた回りほど大きいヒトガタの相手。パワーと高い再生能力がなかなかやっかい。

そんな相手を退治に行き、あたしの弟子をかたるということは、そのリューナ、それなりに腕の立つ魔道士のはず。

つまりは——

——きゅど……ん……

木々の間を響き伝わったのは、攻撃呪文の炸裂《さくれつ》音！

ほら来たっ！

魔道士がトロルを倒すなら、とーぜん攻撃呪文を使う。ド派手な音でも鳴り響けば、そちらにリューナとやらがいるはずっ！

音がした方に向かってあたしは駆ける。

木立のせいで多少は音が反響するが、おおよその方向は今のでわかった。

ほどなく。

どんっ……！

二度目の音が響いた。

――近い！

風にわずかなコゲ臭さが混じる。炎系の術を使ったのだろう。

やがて木立の間から見えてきたのは焼けた草木と、その中心で倒れ伏し、コゲて動かぬトロルが一匹。

少し離れて佇《たたず》むは、一人の女魔道士。

歳《とし》の頃はあたしと同じか少し上。動きやすそうなズボンと短いローブの上から、黒いマントを羽織っている。

髪は金髪《ブロンド》に近い栗色《くりいろ》で、上背や胸はあたしと同じくらいに見えるが、変に猫背気味なのをなおせばもう少し背があるか。

顔色が悪く映るのは、戦いの緊張からか、もともとか。

あたしと彼女の目が合って――どちらかが口を開くより先に。

「ふっ！　こんな所で出会うとは奇遇ねリナ＝インバースっ！」

響き渡ったのは聞き知った声！

「リナ……って、じゃあこのひとが……わたしの師匠の……？」

あたしの名に、女魔道士が驚きの視線をこちらに向ける。ならば彼女がリューナなのだろう。いや、師匠じゃあないけれど。

だが今はそれよりも——

「その通りよリューナ！」

木立の間から歩み出たのは心の底から残念ながら、あたしの知った相手だった！

長い黒髪黒マント！　トゲトゲつきのショルダー・ガードにやたらと露出の多い服！

胸にはむやみに脂肪塊！　この生き物こそほかでもない、自称あたしのライバルこと、あらゆる公序良俗の敵、白蛇《サーペント》のナーガ！

ナーガはあたしを目で指して、

「彼女があなたの師匠、リナ＝インバース、その人よ！」

「あぁぁぁぁやっぱりぃぃぃぃ！　お会いできて光栄です……！　師匠……！」

彼女——リューナは感激に、うっすら涙さえ浮かべているが、こっちには全然わけがわからない。

「いやいやいやいや！　何よ師匠って！　てかナーガ！　なんであんたがこんなところにいるのよっ⁉」

ふっ！こんな所で出会うとは
奇遇ね リナ＝インバースっ！

「――ふっ。

　あなたにしては察しが悪いわねリナ＝インバース。

　たぶんリューナがあなたの弟子を名乗っていることを聞いてやって来た、というところなんでしょうけれど――」

　そこはまあ、その通りだが――

「このリューナがどういうわけだか、あなた、リナ＝インバースの弟子になりたい、と言うからっ！

　リナのことにくわしいこのわたしが、この子をリナの弟子として育て導くことにしたのよ！」

「いや待てぇぇぇぇぇいっ！」

　さすがにあたしは待ったをかけて、

「それって、あたしじゃなくてナーガの弟子よね⁉」

　まっとうなあたしの指摘にも、ナーガの余裕は全く変わらず、

「浅いわねリナ！

　人というのは案外自分のことは見えていないものっ！

　ならばっ！

あなたが教え込むよりも、あなたのことをよく知るこのわたしが教え込んだ方が、より
リナ＝インバースの弟子としてふさわしい弟子ができるはずよっ！」

意味不明の主張に、しかしリューナは大きくうなずき、

「なるほど！　一理ありますねっ！」

「無いよっ⁉」

ツッコんでから、あたしは彼女の方を向き、

「そもそもなんで、あなた――リューナは、あたしの弟子になりたいって思ったの⁉」

「――それは……ですね師匠――」

「いや師匠じゃないけど」

リューナはあたしの指摘も無視して先を続ける。

「わたし……ここから少し離れたシュナリアの町の魔道士協会に所属しているんです……

魔術とか好きで……けっこう魔道士に向いてるんじゃあないかなぁ、とは思ってるんですけど……

協会だと、若いとどうしてもひよっ子扱いされて……いろんな人たちから雑用押しつけられたり……

うちわもめとか……くっだらない勢力争いとかもあって……」

「あー。あるわよね。そーゆーの」

魔道士協会のみならず、どんな所でも大なり小なりあることなのだろうが、だから良しとなるはずもなく。

「なんか毎日……バクゼンと、これじゃないなー、って日が続いてて……

そんな時……耳にしたんです。師匠のお噂《うわさ》を。

野盗悪党を吹っ飛ばし……気に入らないお偉いさんを吹っ飛ばし……目に付いた官憲を吹っ飛ばし……」

「やってないよ最初以外は！」

リューナはうっとりとした表情で朗々と、

「ああ、なんて自由な人なんだろう、って」

「いやそれ自由じゃなく無法っ！」

カン違いしているひとが時々いるが、自由とは『好きなことがなんでもできる』ではなく『好きなことがなんでもできる。ただし逆の立場で自分がやられたら腹立つことは除外する』というものなのだ。

「それで師匠にあこがれるようになって……わたしも師匠みたいになりたいなぁ、ってずっと思ってたんですけど……

　そんなある日……

　協会にいるイヤなお偉いさんと言い合いになって……

　つい『わたしのバックにはリナ＝インバースがいるッ！』て言っちゃって……」

「待てオイ。」

「そしたら偉い人が真っ青になって……

　面白かったなぁ……あれは……」

　びっくりするくらいさわやかな笑みを浮かべると、

「で……もうこれはリナ＝インバースの弟子になるしかないなぁ、って」

「そんな理由っ⁉」

「そんなかんじです師匠……！

　この町にはいろんな用で時々来てるんですけど……今回そこにたまたまナーガさんがいて……

　話の流れから師匠の知り合いだってわかったので……あ。もうコレ運命だ、って……

　頭を下げて、わたしをリナ＝インバースの弟子にしてください、ってお願いしたというわけなんです……」

「お願いするなぁぁっ！　意味わかんないでしょそれっ！」

「でも……快諾していただきましたし」

「したんだ快諾ッ⁉」

「ふっ。当然ね！」

ナーガはいつも通り意味なくえらそーに、

「このわたしに『リナの弟子になりたい』と頼んで来るとは！　なかなか目のつけどころが違うでしょっ！」

「それ『目のつけどころが違う』じゃなく『どこに目つけてる』ってゆーから！」

「ならばこの子の着眼点と素質！　このわたしが伸ばしたり縮めたりしてみたくなったとしても自然な流れっ！

両者の合意がある以上、全く何の問題もないわね！　ほーっほっほっほ！」

「ありまくるわぁぁぁぁぁっ！」

さすがにあたしは絶叫する。

「もー一回言うけどソレあたしの弟子じゃあないしっ！　そもそもあたしは弟子なんて取るつもりもないしっ！」

「そこをなんとか……！」

リューナは深々と頭を下げて、

「弟子ということで認めてください……！　だめならせめて弟子の肩書きだけでも名乗らせてもらえたら……！　お偉いさんをビビらせる瞬間だけでもいいですから！」

「低姿勢でムチャ言うなぁぁぁっ！」

「これだけ……これだけ言っても認めてくれないんですか……！」

「そんだけ言ったら誰でも断るわっ！」

あたしと顔を上げた彼女との視線がしばしぶつかり合い――

「……どうやらこのままだと……話は平行線のようですね」

じりっ、とリューナが身構える。

「いや平行ってゆーか、そっちの話があさっての方向すぎて交わる点がないだけで」

「しかたありません……なら、わたしの力を見せて認めてもらうしかありませんね……

勝負です師匠……！

師匠の方は一切手出しはせずに、わたしの攻撃が一発でも入ったら弟子にするという条件で！」

「そんな条件があるかぁぁぁっ！」

「え……けど英雄伝承歌《ヒロイック・サーガ》なんかではこんな条件出してくる師匠って結構いますし……」

「弟子志望の方から出してくる条件じゃないでしょーがっ！」

はいはいわかりましたわかりました。

……ふー……

リューナは深いため息をつき、

「……師匠のワガママにも困ったもんです……はいはいわかりましたわかりました。

それじゃあ正々堂々、普通に二対一で戦って――」

なんかまたまた勝手なことを言いかけたその途中。

「爆裂陣《メガ・ブランド》。」

づどぉぉぉぉおん！

あたしは迷わず攻撃呪文をぶっ放した！

あたりの大地が派手な音を立てふき上がる！　攻撃力の高い術ではないが、そのぶん呪文の詠唱時間は短め。

リューナが『はいはいわかりました』と言ったあたりで、あたしは口の中で呪文を唱えはじめ、完成とともにぶっ放したのだ。

ミもフタもないが、たいていの相手ならこれで一発っ！　現にあたしは視界の隅で、巻き込まれたナーガが吹っ飛ぶのを捉えていた。

だが――

あたしの正面、まき上げられた土砂の煙を透かして見える影一つ！

――なにっ⁉

事態を察したあたしが後ろに跳ぶのと同時に、まだおさまらぬ土煙を裂き、こちらに肉薄するリューナ！

こいつっ！

不意打ちを後ろに跳んでとっさにかわし、土煙がおさまる前に反撃に転じて来たのだ！

その右手には短い金属の杖《ロッド》！

対するあたしは口の中で呪文を唱《とな》え

「魔風《ディム・ウィン》っ！」

ごうっ！

強風を生み出す術を使い、リューナを押すと同時に、反動を利用しあたしもさらに大きく後ろに跳んで距離を取る。

おさまりかけた土煙の中、あたしとリューナはあらためて対峙《たいじ》した。

――なかなかやる。

ナーガが見込んだ相手でもあり、トロルくらいなら倒してのけるウデはあるのだ。

そう思って警戒していたからよかったものの、もしも不意打ちの爆裂陣《メガ・ブランド》をぶっ放した時点で、勝ちを確信して油断していたら、手痛い反撃を食らっていただろう。

「……弟子志願者に不意打ちですか師匠」

言いつつリューナはじわりと間合いを詰めてくる。

対するあたしは横手へとゆっくり足を運びつつ、

「なーに言ってんのよ。これくらいはかわしてくんなきゃ話になんないでしょ」

「いえ……師匠が噂通りの方ならそうでなきゃあ、って意味ですよ！」

言うなり再び駆け来るリューナ！　その口が小さく動いて呪文詠唱を開始する！　何の呪文かまで聞き取ることはできないが――

対するあたしも口の中で呪文を唱え、

「浄結水《アクア・クリエイト》！」

発動させたのは、単に水を作る術。

胸の前に出現させたメロン大の水球を、両手のひらでつぶしてはじき、リューナに向かってしぶきとして放つ！

むろんそんなものが当たっただけなら、服がぐしょ濡《ぬ》れになるだけだが――

「――くっ⁉」

服を濡らしたリューナは呪文詠唱を中断すると、愕然《がくぜん》と呻《うめ》いて足を止め、

「な……なんで……⁉」

「さあね」

と、あたし。

はたから見れば意味不明なやりとりかもしれないが、今のはつまり、リューナの狙いをあたしが読んで事前にその策を封じた、ということなのだ。

——リューナがこれ見よがしに持っている金属の杖《ロッド》がヒントだった。

非力なはずの女性魔道士がふり回す、刃物ですらない金属棒。もしそれで殴りかかられたとしたら、多少腕に自信のある相手なら、摑《つか》んで奪いたくなるのではないか。

リューナはそれを誘っている。あたしはそう読んだのだ。

金属の杖《ロッド》を受け止めるように誘導し、その瞬間、近距離接触型の雷撃呪文を流して相手を感電・麻痺《まひ》させる。

あたしも時々似たようなテを使うんで、予想できたことなのだが。

おそらくはトロルも、これと似た手でしとめたのではないだろうか。

そこであたしはまず、強風の術で距離を取ったのだ。

もしポピュラーな炎の矢《フレア・アロー》——何本もの炎の矢を生み出して相手に放つといった飛び道具系の術を使い、強風の術でカウンターされれば、攻撃は撃った方に返ってくる。そうリューナの意識に植え付けた。

消去法で彼女は、杖《ロッド》を使った感電戦法を選び――

だが実行に移す前に、あたしがただの水を生み出す術を使って、リューナをずぶ濡れにしたのである。

とーぜんながら濡れ鼠《ねずみ》状態で、近距離用の雷撃呪文なんぞ使おうもんなら、まず真っ先に自分が感電することになる。

半分以上あてずっぽう。しかしもし読みが当たっていたならば、手の内が全部あたしに読まれていたかのような錯覚を彼女に与えることができる。

もし逆に、あたしの読みが外れていたとしても、それはそれで問題なしっ！

なぜならそろそろ――

「……なら……！」

リューナはそれでも気を取り直し、今度は足を止めたまま口の中で呪文を唱える。

その瞬間。

あたしは大きく後ろに跳んだ！

同時にリューナの後ろで殺気がふくれ上がる！

彼女が事態を理解するよりも早く――

「氷の矢《フリーズ・アロー》！」

ひゅきききききぃぃぃん！

ナーガの放った数十条の冷気の矢が、こちらに向かい迫り来る！

――あたしが術で吹っ飛ばしたナーガがそろそろ復活し、怒って見境無しの攻撃呪文をぶっ放してくるはず――というこちらの読み通りっ！　とっさに使って来るのが氷系の術だろうという点さえもっ！

あたしはなおも後ろに駆けて、手近な木陰に身を隠す！

が――

リューナの方はたまったものではない。

ナーガが常識外れの早さで復活し、味方のはずの自分を巻き込む形で後ろから攻撃呪文をぶっ放す。そんな非常識が読めるわけはないっ！

「――!?」

かわそうと身をよじったのはたいしたもんだが、よけきれず、二条ほどがマントの後ろをかすめて当たる。

むろん、マントの上からならそこまでたいしたことにはならない。

ただし――服がびしょ濡れになったりしていなければ、の話だが。

「やってくれたわねリナ＝インバースっ！　今のはこの白蛇《サーペント》のナーガに対して……って

何やってるのリューナ？」

「〜〜〜ッ……!?」

目の前のリューナに今さら気づいてナーガは声をかけるが、服の一部を凍りつかせたリューナはふるえて奥歯を鳴らすだけ。

「まあいいわっ！」

そちらのことはさらりと流し、ナーガはあたしの方を指さし、

「今のはこの白蛇《サーペント》のナーガに対しての宣戦布告ということねっ！　ならそのケンカ、買ってあげるわっ！」

言うなり地を蹴り、呪文を唱えつつあたしの方に駆け出すナーガ！

──一瞬あたしの脳裏を、前に出てリューナを盾に、という案もよぎったが、さすがにそれはリューナがかわいそすぎるし、何より誰かを盾にしたくらいでナーガを止められる気がしない。

あたしも呪文を唱えつつ、木陰から横手に駆け出して──

森の中、攻撃呪文の応酬がはじまった。

幹が砕ける。木の葉が裂け散る。

暴風。氷結。雷撃。炎。

あたしの。ナーガの。術が放たれるそのたびに、いくつもの破壊の音が折り重なって不協和音を響かせる。

森の中、攻撃呪文の応酬がしばらく続いたその後に――

「ま……待っ……！」

リューナのふるえる声が響いた。

あたしとナーガが動きを止めたのは、しかしその声ゆえではなく、別の気配を察したから。

目をやれば、リューナがいるその向こうから、木々の間を歩み来るのは巨大な人影、計四つ！

トロルか！

森にいたのはおそらく五匹！　リューナが倒したのは、そのうち一匹に過ぎなかったようである。

ナーガとやりあう攻撃呪文の爆音を聞いてやって来たのだろう。

ひょっとしたら、仲間のあだ討ちのつもりかもしれないが――

あたしは口の中で呪文をとなえ――

本気を出せば十数条出現させることもできる炎の矢を、今回は四条だけ出現させた。それをコントロール優先で──

「炎の矢《フレア・アロー》っ！」

どどどどどっ！

リューナに向かってぶちかます！

むろん攻撃したわけではない。マントの凍り付いた部分に一発、そばの枯れ草などに残り三発。

要は解凍と暖房に使ったわけである。

トロルたちの足が一瞬止まったのは、こちらの意図がわからず、あたしが味方を攻撃したようにでも見えたのか。

「戦《や》れる？」

と、あたしが問えば、

「戦《や》れます……！」

リューナは即答する。

「ならわたしとリナで一匹ずつ」

「最初から飛ばしすぎないでよ」

息まくナーガにクギを刺すあたし。

リューナの戦い方を多少先読みしてみたものの、実際にどう戦うかは見てみたい。

あたしやナーガが本気の大技を使ったら、トロル一匹ずつどころか数匹まとめて吹っ飛ばす可能性は高いし、生き残りが逃げ出す可能性もある。

できればリューナとトロル、一対一の状況を作り出したいところだが――

リューナは体の調子を確かめるためか、しばらく手足をぐるぐる動かしていたが――

ほどなく無言で地を蹴りトロルたちに向かって駆けてゆく！

――ってちょっと待てぃっ！

まさか、杖《ロッド》に雷撃を乗せた感電戦法でいくつもりか⁉

最初のトロルはそれでなんとかなったかもしれないが、今、彼女の服は濡れて雷撃を通しやすくなっている！　リューナがもしそれを失念していたならば、トロルを倒すどころか自分の雷撃で自爆する！

援護はしたいがもともとリューナの方がトロルたちに近すぎる！　こっちの呪文詠唱が間に合わない！

リューナは右手の杖《ロッド》を先頭のトロルに向けてふり抜いて――

対するトロルは右手をふりかぶりつつ、左手でリューナの杖《ロッド》を受け止めて、ぽぐっ。

そのトロルの左腕が変な音を立てへし折れた！

えぇぇぇぇぇぇぇっ⁉

――いちおー念のためもう一回言うが。

トロルはふつーの人よりふた回りほどデカくてパワーがある。

そんなトロルの腕をぽっきりと。

何が起きたのかわからずに、トロルの動きが止まった次の刹那。

ふり抜かれたリューナの杖《ロッド》がひるがえり、今度は反対がわからトロルの胸板を叩《たた》きつぶす！

同時に。

「炎の矢《フレア・アロー》！」

リューナの呪文で虚空《こくう》に出現した、四、五条の炎の矢、うちの一発が、たった今彼女が殴りつけた場所へと着弾！

間髪入れず次の殴りにまたまた炎の矢が一発、さらに殴ってまた一発。

あまりの狂戦士《バーサーカー》っぷりに他のトロルたちは一瞬硬直していたが、うち一匹が我に返ると、リューナに向かって――

「おぉぶらっしゃぁァぁぁぁぁッ！」

だがその動きも捉えていたのか、リューナは意味不明なおたけびを上げると、しかけて来ようとしていた一匹に一撃をくわえ、フルボッコの相手をそちらにチェンジ。

殴るペースと殴った場所へ火炎の術をぶち込むペースが速すぎて、トロルの超再生能力が追いついていなかったりする。

いやいや。

コワいコワいコワいコワい。

若干引きぎみだった残るトロル二匹も、それでもようやく気を取り直したか、攻撃に参加しようとするが――遅すぎる。

「塵化滅《アッシャー・ディスト》！」

「螺光衝霊弾《フェルザレード》！」

あたしとナーガ、二人が放った攻撃呪文がトロル二匹を瞬時に撃沈！

あとはただ――

ごずっめきゅっぱぐっごしゅっ。

「炎の矢《フレア・アロー》炎の矢《フレア・アロー》炎の矢《フレア・アロー》炎の矢《フレア・アロー》……」

リューナがトロルをフルボッコにするコワい音が、木立の間にえんえんと流れ続けるのだった……


「……どうです師匠……わたしの魔道士としての腕前は……」

かわいそうなトロルさんたちとの戦いが終わったそのあと。

びっくりするほどにこやかな笑みで、リューナはあたしに問いかけてきた。

……いや、魔道士としてどうか、とか聞かれても……立派な狂戦士《バーサーカー》ですね。とは思うけど……

「……いつもだったら……雷の術を使ってしびれさせてからヤるんですけど……そこは師匠に読まれて防がれちゃいましたから……やっぱり師匠はすごいです……！」

「……てゆーか……よくそんなのでトロルをフルボッコにできたわね……」

「ああ、これですか……」

あたしが言った『そんなの』を杖《ロッド》の話だと思ったのか、手にした棒を軽く振り、

「ちょっと特殊な金属で、がんじょうに作ってもらったんです……おかげで子供くらいの重さがあるんですよ。これ」

お前……そんなもんぶんぶんふり回してたのか……

「いや……杖《ロッド》の強度もアレだけど……トロルをボコれるあんたの腕力って……」

「なんてことありませんよ師匠……腹立つお偉いさんへの日頃の恨みを込めたらあれくらいの力、出ますから……」

どんだけお偉いさんが憎いのか。おまいは。

リューナの戦闘力のほどはわかった。

その上で、彼女の弟子入りを認めるかどうかといえば——

もちろんまっぴらごめんでス。

ただでさえあることないこと尾ひれをつけた噂《うわさ》がひろまっているとゆーのに、その上『棒きれでトロルをボコれる弟子がいる』などという事実が上乗せされたらどーなるか。

とはいえ。

正直にそう答えて、えんえんしつこく食い下がられたり、ましてやさっきの調子であばれられたりするのはイヤすぎる。

ならここはっ！　いい話っぽく丸め込むっ！

あたしはどこか空の彼方《かなた》——適当にそれっぽい方に目をやって、

「……誰かにあこがれて、そんなふうになりたいと願う……それ自体はもちろん悪いことじゃあないわ」

「……それじゃあ……！」

「けれどっ！」

あたしはリューナが何か言いかけたのをさえぎり、声をはり上げる。

「人は最終的には『誰か他の人のように』じゃなくて、よりその人らしく、『その人自身の完成形』になってこそ、本当の価値を発揮するものなのよっ！

リューナ、あなたの戦いのスタイルは見せてもらったわ。

その結果——

もしあたしがあなたを弟子にしたなら、あなたは『リューナの完成形』じゃなく『リナ＝インバースの劣化コピー』になる。あたしはそう判断したわ。

だからこそっ！

あたしはあなたを弟子にしない！　あなたは『リナ＝インバースのように』なることではなく、『あなたの完成形』を模索しめざすのよ！

それができた時こそ、あなたはあなたのままであなたらしく、誰もが認めるあなた自身になれるはずよっ！」

「……わたしの……ままで……」

「そう」

「わたしはわたしのままで……腹立つ偉い人をビビりまくらせることができる……！」

リューナの瞳に光が点《とも》る。つかどんだけその偉い人きらいなんだお前は。

そんなリューナが無言のままで、もの問いたげに見やれば、ナーガは小さな笑みを浮かべ、長い黒髪をかき上げながら、

「ふっ。あなたがどうなりたいかは、当然あなたが決めなさい」

——あたしは知っている。

ナーガがこういう言い方をする時は、たいてい色々めんどくさくなって投げやがった時なのだと。

「……いいんですね……わたしのままで……」

「もちろんよ」

あたしが笑顔でうなずくと、リューナも顔をほころばせ、

「……よかったぁぁぁぁ……」

深々とした吐息にことばを乗せつつ両手を自分の背中に回し、マントの下でごそごそやって、

「苦しかったんですよこれ」

しゅるりっ、と、タオルのような布きれを外したそのとたん。

服の下、胸のあたりに大きめのぜい肉二つがふくれ上がる！

……胸を……おさえていた……だと……？

「っあー！　すっきりしました！」

晴れやかな表情で伸びをして、猫背気味だった体を起こすと、上背はあたしより頭半分ほど高い。

「いやー。ナーガさんに『リナ＝インバースの弟子になるなら、師匠より背が高くて胸が大きいと敬意が感じられない』って言われまして。胸に布巻いて小さくして、ずっと前かがみになってたんですけど、もぉ苦しくて苦しくて！

あれ？　どうしました師匠……じゃなくリナさん？　呪文なんか唱えたりして」

訊《き》くリューナのやや後ろでは、脂汗を浮かべたナーガが、じりじりと距離を取ろうとしているようだがもう遅い。

「おまいらざけんな火炎球《ファイアー・ボール》っ！」

あたしの絶叫と攻撃呪文の爆発音は、夕暮れ近い森に響き渡ったのだった——


（魔法使いの弟子志願：おしまい）

「KADOKAWAライトノベルEXPO2020 公式記念本

サクラ コラボレーション」より

それは降り来る雪に似て。

空を埋め視界を埋めて、ゆらぎたゆたう白、白、白──

しかし冷たさではなく、むしろあたたかさを覚えるのは、単に気候のためなのか、それとも舞い散る白が仄《ほの》かに含んだ紅の色ゆえか。

立ち並ぶ木々に花開いたそれらは、絢爛《けんらん》に、そして同時にはかなく舞い散り続け──

「……うっわぁぁぁぁぁ……」

感嘆の声をあたしが漏らしたのは、思わず足を止め、しばしその光景に見入ったあとのことだった。

「──すげーな」

ぽつり、とこぼしたのは、あたしの旅の連れ、ガウリイ。これまた立ち止まり、咲き舞う白に魅入られたままで、

「なぁリナ、これって何の花なんだ」

「さーね。あっちでは見なかったけど」

と、あたし。

――しばらく前。

いろいろあって、あたしとガウリイの二人は、もともといた所から、はるか離れた見知らぬこの土地へとほうり出されたのだ。

右も左もわからぬながら、もとの所に帰ろうと、あてない模索の旅の空。

前の土地ではあちこち旅しても、これと同じ花を見たことはなかった。つまりこっちの方にしか咲いていないものなのだろう。

「さくらー！」

突然奇声を上げたのは、こちらに来てからできた旅の連れ、ランという少女だった。

いろいろ独特な言い回しをすることも多いが、彼女いわく、出身地の方言なんだとか。

「……え？　何、急に？」

「花の名前ーさくらー」

「――ああ。サクラ、って名前なんだ」

あたしはあらためて目をやった。

彼方に連なる山は緑。しかしそのふもと、街道ぞいに植えられているとおぼしきサクラの彩《いろどり》は、ここから先、見える風景の奥の果てまで、白い線となって続いていた。

山にはなくて街道ぞいにある以上、自然のものではなく植樹なのだろうが、一体何百
——いや、へたをすると何千本が植えられているのか。

「けど、ここまでえんえんとサクラを植えさせるなんて、粋ってゆーか酔狂な王様だか領主だかもいたもんねー」

「ちがうよー」

「違うって、何が？」

「王様が植えさせたんじゃなくて、ふつーの人が一人で植えたんだってー」

…………………

「はぁ!?」

言われたことを理解して、あたしは思わず声を上げた。

「いやいやいや！　こんだけの木を一人で植えるって！　無理でしょそれ!?」

「一人じゃないよ」

「一人って言ったでしょ今っ!?」

「一人でいっしょけんめい植えてたら、まわりの人たちも手伝いだしたんだってー」

「……そーいう意味ね」

いろいろ言い方がややこしい。

「けどその誰かさんたち、なんだってここまでたくさん植えたんだ？　ひょっとして、この木の実って食えたりするのか？」

ガウリイが風情《ふぜい》も何もないことを言い出すが、実際に、旅人が飢えや渇きで行き倒れになるのを少しでも減らすため、食べられる実がなる木を街道ぞいに植える、という場合はたまにあるのだ。

問われたランは眉根にシワを寄せ、

「んー……いちおー実はつけるし食べられる……けどおいしくないよ？」

その表情から察するに、以前食べたことがあるのだろう。でもってたぶん、すっげぇ苦いかもしくはすっぱい。

ガウリイも、味は期待できないと悟ってか、ロコツに落胆した表情で、

「うまくないのかー……これでうまい実をバンバンつけてくれたら完璧だったのになー」

「なーに言ってんのよ」

白に魅入られ、あたしは言う。

ひときわ強く吹いた風が――

「この光景だけで完璧でしょ？」

無数の花びらを舞い散らす。

「たぶん、一人でサクラを植えはじめた人も、この光景が見たかったのよ」

そのために。そのためだけに。

ただただ植樹を続けたのだ。

──ひょっとしたら最初の一人は、過去にこれと似た光景をどこかで目にして、またそれを見たいと熱望したのかもしれない。

過剰とも言えるその愛着と情熱に、まわりの人たちは心動かされ、手を貸したのだろう。

誰かの地道な情熱と努力が、まわりの人たちをつき動かす──しょっちゅう、ではないにしろ、そういったことはまれに起きる。

その結実が──

今、あたしたちがいるこの場所。満開の白の中。

もしいつか。

あたしとガウリイが、もといた場所へと帰り着き、ここから遠く離れたとしても、きっと今日見たこの光景を忘れることはないだろう。

ゆらぎ舞う花びらの中、あたしたち三人は、いつまでもいつまでも佇《たたず》み続けた──

ヴィクトル＝アーティーの診療所

爆発の音が山あいにこだました。

残響が消えたそのあとは、吹っ飛び倒れた野盗とおぼしきごろつきたち。

全員動かなくなってはいるものの、いちおー念のため、もう一発攻撃呪文をぶちかまそうと——

「あっ……！　あのっ……！」

詠唱しかけたのを遮ったのは女の声。

目をやればそこには、三、四歳くらいの男の子を抱えたお母さんっぽい女性。

どこの町や村にもいそうな、ふつーの格好をしたふつーの人。

あー。野盗たちの陰になっててよく見えてなかったけど、からまれてたのってこの人たちだったんだ。

——名も無い山道を行く道すがら。

聞こえてきたがなり声に足を早めれば、見えてきたのは、誰かにからんでいるっぽい、野盗らしき数人の後ろ姿。

そこであたしは、からまれている人を巻き込まない距離を見計らい、後ろから問答無用で攻撃呪文をぶっ放したわけである。

お母さん——らしき人は、ぎゅっと子供を抱きしめて、

「危ないところを——」

「いやちょっと待って」

あたしはお礼のことばを制し、

「ほら。野盗は見つけたら根こそぎ粉みじんにしておかないと、また生えてくるから。先に連中のアジトをちょっぴり潰して来るから待ってて」

「……え……えぇぇぇ……」

お母さんは困惑の表情で、

「……そういうことでしたら……本来ならお礼をすべきところですが……すみませんが子供をお医者様のところに連れて行かないといけないので、私はこれで」

ぺこりと一つおじぎして、片方の足をちょっと引きずりながら歩き出す。

「お医者様？」

言われて気がついたのだが、これまでに子供の方はノーリアクション。野盗に襲われたのならば、普通は泣くなりなんなりしそうなもんだが。

あらためて目をやれば、男の子は赤い顔でぐったりしたままお母さんに抱えられている。やはり何かの病気らしい。

加えてお母さんの方は足を痛めている様子。たぶん野盗たちにインネンをつけられた時

　——一応あたしは『治癒《リカバリィ》』という回復の術も使えるのだが、ちょっとした傷なら塞ぐことができるが、病気は治せない——どころか、へたすると悪化させることさえある。とーぜん病気の子供に使うわけにはいかない。

　お母さんのくじいた足には効くかもだが……足は術で治療してあげるからあとはがんばれ、というのもはくじょーな話である。

　……しかたない……

　あたしはきびすを返して歩み寄り、

「術で宙に浮かせて運んだげる。たいしたスピードは出ないけど」

「そんな……そこまでしていただくわけには……」

「遠慮より子供の手当てが大事。でしょ？」

　言うとお母さんは一瞬沈黙してから、

「——ありがとうございます。甘えさせていただきます。

　わたしはマリニア。この子はルカといいます。

　よろしければお名前を——」

「リナよ。肩を貸すからしっかりつかまってて」

右にルカくんを抱えたお母さん――マリニアさんの左にまわり込んで支えると、あたしは口の中で呪文を唱え――

「浮遊《レビテーション》」

術を発動させ、三人そろってふわりと浮く。

その名の通りの術である。人など多少重いものを抱えても浮くことはできるが、進む速さはがんばっても早歩き程度。

今は浮いている高さもしれている――

「ほ……本当に浮いてます……！」

こーゆー体験ははじめてか、マリニアさんはちょっと興奮ぎみに口走る。

……まあ……そりゃあそーゆー術だから、としか言えないが――

「必要なら道案内はおねがいね」

言ってあたしは二人を連れて、森の中を進み始めたのだった――

大きな森のその中に、山のふもとに佇んだ、小さな小さな村一つ。

母子と出会った街道からも分岐した、か細い道のどんづまり。山の恵みを糧《かて》として、人々は暮らしているのだろう。

たどり着いたのはそんな場所。

決してにぎやかとは言えないが、まだ陽《ひ》も高く、あたりには村人たちの姿もある。

「――すみません！」

見つけた手近な村人に、マリニアさんは声をかけ、

「子供が病気で……！　この村に、アーティーさんとおっしゃるお医者様がいらっしゃると聞いたのですが……！」

必死の問いに村人は、すぐに事態を察してか、

「医者のアーティー先生だったら、ここの道をまっすぐ行って、雑貨屋さんの角を右に行った所だよ！　坂道を上がった先の黒っぽい家！」

近くにいた一人のおばちゃんが即答してくれる。

……さっきからちょっと気になってはいたのだが……

この医者《ドクター》という呼び方は、実はあまり一般的ではない。

教会などに所属する、回復呪文が使える神官とかはふつー『白魔術師』や『治癒術士』などと呼ばれるし、病気などを薬草で治療するひとのことは一般的に『薬師』と呼ばれる。

相手がそのどちらなのかわからないなら医者と呼ぶこともあるだろうが、今はケガではなく病気のはずなので薬師のはずである。

なのにマリニアさんも村のおばちゃんも医者と呼んでいる。

──まあ、当人が医者と名乗っているか、このあたりでの呼び方のクセといったところなのだろう。今はそこを気にしている場合ではない。

「ありがとうございます！」

マリニアさんがお礼を言い終えるより先に、あたしは術をコントロールして移動をはじめている。

小石が敷かれただけの道。行く手に小さな雑貨店。その角を右に曲がると地面と雑草がむき出しの上り坂。普通に上るのはちょっと大変そうだが、浮いている今は関係ない。

ゆるいカーブになった坂を上ってゆくと──

『うっ……!?』

同時にうめくあたしとマリニアさん。

山のふもと。木々に囲まれ待ち受けるのは一軒の館。

山に陽射《ひざ》しをさえぎられ、そこだけが、村と隔絶したかのように影に沈んでいる。

くろぐろとした石の壁。すべての窓は内側から板戸で閉ざされて、中をうかがい知ることはできない。何本もの尖塔が屹立《きつりつ》し、まるでまがまがしい装飾のように、十数羽のカラスが羽を休めていた。

……いやいやいやいや。

あたしとマリニアさんは思わず顔を見合わせて、

「……医者？」

「……と、聞いています。……噂《うわさ》ですので自信はありませんけれど……」

あたしはしばし無言のまま、呪いの館——もとい。医者の家？　診療所？　を眺めていたが、ふと我に返ると、浮遊《レビテーション》を解除し大地に降り立ち、

「ぼーっと見ててもしかたないわ。とりあえず——入ってみましょ。何かあったら、その時はあたしがなんとかするから」

「は……はい……どうかよろしくお願いします……」

あたしが先に立ち玄関に向かう。両開きのドアにはヘビだかなんだかの頭をかたどった鉄のノッカー。

——ゴん。ゴん。

叩《たた》けば響く重い音。待つことしばし。

「——開いておる。入って来るがいい」

中からは年を経た男の声。

ノブを引けば、ドアは意外と軽く——しかしきしんだ音を立てて開いてゆく。

開くすき間から見えてくるのは、円形の暗いホール。左右からカーブを描いて二階へと続く階段。

その階段の先――二階正面の手すりごし、一人の男が立っていた。

手にしたロウソクの炎がゆらぎ、闇の中、男の容姿を浮かび上がらせている。

歳《とし》は五十か六十か。あるいはもっと上なのか。伸びて乱れた白い髪。ゆがんだ鷲鼻《わしばな》。白い服には赤黒い染《し》みがにじんでいる。

目と目が合ったその瞬間、男は唇の両端を、にぃぃぃッ、と吊《つ》り上げ――

迷わず扉を閉めるあたし。

「よし。ここじゃない」

『待て待て待て待て』

建物の中から声と足音が近づいてきて――

「待てぇぇぇぇぇイ！」

声とともに扉が開かれる！

「ひぃッ!?」

マリニアさんは思わずあとずさり、あたしは身がまえ、口の中で呪文を――

「医者に用があるのではないのかッ!?」

あたしとマリニアさんの動きが止まる。

「……医……者……？」

呆然《ぼうぜん》とつぶやくマリニアさんに、

「そうッ！」

男は両手を左右に大きくひろげ、

「このわしこそがッ！

ドクタァァァァ・ヴィクトル＝アーティィィィイイッ！

ほかならぬこの村で医者をやっておる者じゃ！

よもやこォのわしの目が誤魔化せるとでも思ったか！　さきほど開いたドアからはっきりと見えたのだぞ！　ぐったりとなった子供の姿がなァァァァァ！

発熱か⁉　嘔吐《おうと》は⁉　あるいは下痢や食欲不振は⁉

いずれにしろ親であるならば見過ごすわけにはいくまいなァ？　ン？

おとなしくあきらめて、わが治療を受けるがいいわ！　クカハハハハハハ！」

高笑いに驚いてか、屋根のカラスたちが啼《な》き騒ぐ。

「……そんな……まさか……」

言われてマリニアさんは愕然《がくぜん》と、

「お医者様だというの⁉　これが⁉」

「自らの見たモノが信じられぬといった顔だなァ⁉

だァが！　覚えておくがいい！

人を見た目で判断するのはよくないということをなァ！」

「……いやあの……そーですけど限度というものが……」

マリニアさんがおずおず何かを言いかけるが、

「それよりもッ！」

怪しい人は、ぎんッ！　と視線をマリニアさんが抱えたルカへと移し、

「発熱か！　子供の発熱はよくあることじゃが、よくあると放置するのは愚の骨頂ッ！

まァずは原因を確かめた上、解熱《げねつ》の処置は必須と知るがよいわッ！」

「……えぇ……そんなお医者様みたいなことを言われても……」

「貴様ごときがわしをどう見ようと思おうと知ったことではないッ！

問題はッ！

一刻も早く子供を手当てするか否《いな》か！　違うのか？　んン？」

「――っくっ……⁉」

正直あたしもあらゆるところにツッコミを入れたいのだが、何かあった時のために唱え

た攻撃呪文を発動寸前でキープしているため今は何もしゃべれない。

マリニアさんはしばし考え、それでも手当てが先と思ってか、決意のまなざしでうなずいて、

「――わかりました。けど決してうちの子のこと、人体改造しないでくださいね！」

「クハハハハッ！　案ずるな！　すゥぐにこのわしが楽にしてやるわ！　治療的な意味でなァ！

わかったら中に連れてこいッ！」

うながされて仕方なく。

あたしとマリニアさんはルカを連れて館の中に足を踏み入れたのだった――

その部屋を、何とたとえればいいのだろう。

少なくとも治療室には見えないが。

基本的には白い部屋。壁も天井もベッドも白を基調として、天井のクリスタル球には魔力の明かりが灯《とも》されている。

だがその白を埋めるように。

壁から天井から所狭しと吊り下げ干された、さまざまな見知らぬ植物。棚に置かれた何

かのツメやツノや皮。それらのにおいが混じり合い、臭《くさ》いとまではいかないが、なんともいえない独特な臭気が部屋には満ちている。

　窓はあるようだが厚いカーテンで閉ざされており、換気を、と開けようとしたマリニアさんの提案はアーティーに即座に却下された。

　部屋のもろもろの素材や、何よりベッドに寝かせたルカのためにも悪いと言われれば、マリニアさんとしては逆らうわけにもいかず。

……まあ、カーテンを開けたところで、外から見た限りでは窓は塞がれているっぽいので無意味なのだが。

「……大丈夫なんでしょうか……」

　ベッドでおだやかな寝息を立てるルカの顔を見つめつつ、マリニアさんは誰にともなく問いかける。

　――運び込まれて診察を受け、ドクター（?）アーティーが作った薬湯を飲まされたルカは、ほどなく荒かった呼吸も落ち着き、熱も若干下がってきた。

　アーティーいわく、これでおそらく快方に向かうはず、とのこと。

　ついでに――というわけでもないが、マリニアさんのくじいた足も、塗り薬と回復呪文で治療済み。

　とはいえ母親としてはそれで完全に安心できるわけもなく、

「……実はこっそり薬湯にまぜて飲まされていた魔物のタマゴが体の中で孵《かえ》って肉体を乗っ取って、まわりの人々を襲い出したりしないでしょうか……」

「ケハハッ！　ずいぶんと面白い妄想をしよるなァ……え？　自分の子を治療した相手をなァぜそこまで疑えるものなのやら……是非とも理由が知りたいものよのォ……」

「いや見た目ぇぇぇぇぇぇぇッ！」

　たまりにたまったツッコミ欲にたえきれず、あたしはついに絶叫した。

「致命的に見た目が怪しすぎるのよっ！　それで他人に信用しろって方が無理でしょうがぁぁぁっ！」

「カハハハ……モノの表面しか見えんとは、これはまァた浅はかな……見た目が医者の素質に直結するなら美男美女は全員名医じゃ！」

「見た目が全て、じゃなくて、判断材料の一つ、って言ってんのっ！　何も別に若返って超絶美形になれ、なんてムチャ言ってるわけじゃないわよっ！　髪の毛ちゃんとして服は赤黒いシミがついてないの着て家はもーちょっと明るい雰囲気になるよう手を入れろ、ってことっ！」

「そォんなくだらぬことに使う時間などないわッ！

調査、研究、調合、製薬、実践、治療！

わしにはやらねばならんことはいくらでもあるッ！」

「いそがしいにしてもっ！　怪しいしゃべり方と笑い方をやめるくらいはできるでしょーがっ！」

「そう言われても——いや待てィ。この部屋は患者が眠っておる。何か意見があるなら別の部屋で聞こう」

「うっ……!?　それはたしかに……

じゃあマリニアさん、あたしたちは外すから」

彼女に声をかけてから、あたしとアーティーは治療室——らしき部屋を出る——

——って、考えてみたらあたしの方は、別にこれ以上つき合う必要もないのだが——

「——ところでお主、見たところ魔道士のようじゃが——」

部屋を出たところで、廊下を行きつつ聞いて来るアーティー。

あたしの格好は黒いマントに宝石の護符《ジュエルズ・アミュレット》が配されたショルダー・ガード。一目でわかる魔道士スタイル。

もっとも——ふつーの人が旅する時に、盗賊よけで魔道士や戦士っぽい姿をする場合もままあるのだが。とはいえ見る人が見れば、格好だけなのか本職なのかは一目瞭然。

「あの母子の親類か何かか？」

「や。行きがかりで手を貸しただけよ」

「そうか。クカカ……そォれはまた物好きなことよのォ。

——しかし魔道士じゃというなら、治療やら何やらに関する面白い話を聞いたことはないか？　役に立ちそうなら情報の礼くらいはするぞ」

「治療……まああたしも治癒《リカバリィ》の術くらいは使えるけど——」

「ああ——術に関しては、わしとて治癒《リカバリィ》と復活《リザレクション》は使えるからそれはいらん」

「は⁉」

さらりと言われて、あたしは思わず声を上げて立ち止まる。

「使えるの⁉　復活《リザレクション》⁉」

——治癒《リカバリィ》はマリニアさんの足の治療に使っていたが——

「医者を自認するなら、その程度は当然のたしなみじゃろ」

こともなげに言い放つアーティー。

いやいやいやいや。

——復活《リザレクション》というのはかなり高位の回復呪文。さすがに死者を蘇生《そせい》させたりはできないものの、普通なら助からないレベルの重傷ですら回復が可能。ゆえにこの名がつけられており、噂《うわさ》では、他の術士や回復手段と組み合わせれば、失われた手足を再生させることすらできるとか。

使える人はかなり少なく、あたしにもさすがにムリである。

大きな街の大規模な教会でも使える人は一人いるかいないか、というレベル。

「そんなの使えるんだったら、大きい教会とか神殿に売り込んだら、幹部候補生か幹部対応で即採用よ⁉」

思わずあたしは口走る。

……ここだけの話だが、何かの理由でこれを使えるようになった信仰心皆無の魔道士が、どこぞの神殿にハク付けのため、にわかなんちゃって神官として高給で召し抱えられる、というのはままある話。

一般に広く知られているわけではないものの、魔道士や教会の間ではもはや公然の秘密だったりする。

しかしあたしの言葉を、アーティーは鼻先で笑い飛ばし、

「ハッ。それくらいわかっとるわい。

じゃがッ！　こちとら別に出世したくて術を覚えたわけではないッ！」

彼は別の部屋のドアを開いて中へ。あたしはそのあとに続く。

「案外まともなこと言──って待てぇぃっ！」

ドアをくぐりかけ、しかしあたしはそこで足を止め、ツッコミの声を上げていた。

そこは──客間と呼ぶには異様すぎた。

テーブルをはさんで向かい合わせにソファ二つ。壁際《かべぎわ》には棚がすき間なく並ぶ。

窓にはカーテン。天井のクリスタル球には魔力の明かり。

──とまあ、そこまではいいのだが。

棚に並ぶガラス瓶の中には、薬品漬けになったさまざまな小動物、見たこともない何かの生き物、何のものかはわからない眼球やら肉片やら内臓らしきもの。

さらにくわえて部屋の隅には、つくりものなのかホンモノなのか、頭の先から足先まで全部そろった人間の骨が四体ばかり立っている。

……さっきの治療室も怪しかったが、この部屋はそれをブッちぎってコワい。見た目は完全に邪悪なナニカの部屋である。

「ん？　なんじゃ？」

肩越しに振り向くアーティーに、

「怪しすぎるでしょこの部屋っ！　おかしな研究してるよーにしか見えないしっ！　つーか何なのよあの人の骨っ！」

「何って――」

アーティーはソファに深々腰掛けると、骨の方をふり向いて、

「アイボリー、わしと客に茶を」

言ったそのとたん。

並ぶガイコツの端の一体がかちゃかちゃ歩きはじめる！

「動くガイコツ《スケルトン》じゃん⁉」

思わず声を上げるあたしに――

「動く骸骨《スケルトン》じゃが？」

当然のごとく言うアーティー。

「――え――？　じゃあ――」

彼の向かいに腰かけたあたしの隣を、アイボリーと呼ばれたスケルトンがかちゃかちゃ骨を鳴らしつつ、後ろのドアから部屋を出てゆく。

「あんたって――死霊術士《ネクロマンサー》なの⁉」

「医・者・じゃと言うておろうにッ！

たァだ。

死霊術《ネクロマンス》もたしなんでおるのは事実！」

死霊術《ネクロマンス》——つまりは骨やら死体やら霊魂に干渉する術である。これによってゾンビやゴースト、そして——スケルトンを生み出すことも可能である。

死体や霊を操るとゆーことで、ふつーのひとからは悪いイメージで見られることも少なくない。

……とゆーかアーティーの見た目と言動が、医者というより死霊術士《ネクロマンサー》の方があまりにぴったりハマりすぎるのだが。

「こやつらにはわしの助手として働いてもらっておる」

「……こやつ『ら』ってことは他の三体もスケルトン？」

「無論。

名をつけておるのは区別のためと、スケルトン一号二号では死者に失礼じゃろうと思うてな」

変なところでりちぎなことを言う。

「……いや……さすがにスケルトンを助手に使ってる医者ってどーなのよ……

——ってまさか今の、治療費が払えなかった患者さんのなれの果て⁉」

「そんなわけがあるかァ！

おぬしも魔道士なら、死霊術士《ネクロマンサー》が決して忌《い》むべきものでないことくらいわかっておるじやろう？」

「それはまあ――」

あたしは首を縦に振る。

死霊術士《ネクロマンサー》にもいろいろいるが、彼らの目的は大別して二つ。

一つは不老不死――あるいはそこまで行かなくても、健康長寿の探求。

健康長寿を目指すなら、ヒトの体のしくみを理解することは必要不可欠。

逆説的に死を研究することで生を知ることにも通じる――らしい。専門分野じゃないので聞きかじりだが。

そしてもう一つは労働力の確保。

――労働力が欲しいなら、もちろんふつーに人を正当な賃金で雇うのが一番。

しかし安い労働力となると、少し話は変わってくる。

生きた人間をドレイにするのは論外とすれば、魔術的な手法で作り出した何かを使う、ということになるのだが――ではその『何か』は何がいいのか。

石や岩で生み出した石人形《ゴーレム》は、単純な命令しか聞けず、パワーがあって力加減ができない。

戦いや土木作業に使うぶんにはいいのだが、『ベッドの上の患者を別のベッドに運べ』

などと命令しようもんなら、患者の体のどこを力加減無しに摑《つか》んでどう運ぶかわかったもんではない。想像するだになかなかの惨事である。

人の身の回りの世話という観点なら、実体の無い幽霊《ゴースト》と、清潔さに問題のあるゾンビは除外。

その点スケルトンはパワーも適度。元は人間ということもあってか、命令のしかたさえ間違えなければ、人の暮らしを補助できる力加減ができる——のかもしれない。が。

「魔道士のあたしなら、そのりくつはわかるけど——

ふつーの患者さんの安心にはほど遠いからっ！　スケルトンに身の回りを世話されて安心〜……ってなんないでしょ⁉

少なくとも子供は泣くからっ！

患者さんに精神的な負担をかけるのなんて、そっちも望んでないでしょ？」

「クカカカ！　患者が怖がるじゃと⁉　望むところよ！」

「望むなぁぁっ！　さすがにそれはダメでしょっ！」

「じゃがおぬし——あー、そういえばおぬしの名をまだ聞いておらんかったが——」

「……リナよ。リナ＝インバース」

「——リナ＝インバース⁉　あの⁉」

名乗ったとたん、相手の声が裏返る。

……ちっ。知られていたか……

じまんにならないがこのあたし、あちらこちらの旅すがら、出会ったドラゴンへち倒し、野盗は倒して再建資金を没収したりしているうちに、ドラまた――ドラゴンもまたいで通るだの、盗賊殺《ロバーズ・キラー》しだのという、ひとぎきの悪い二つ名がひろまっていたりするのである。

たぶんアーティーが耳にしたのも、そのへんの噂なのだろうが――

「聞いたことはあるぞッ！　たしかドラゴンや悪党どもを退治して名を馳《は》せているらしいなァ！」

そこは案外配慮した言い方なんか⁉

彼は続ける。

「ある程度魔道に通じた者というならば話は早いッ！

人を治すのにも『方法の研究』と『実際に人を治す』という二つの側面があるッ！

研究には結果検証のため実践が不可欠じゃが、実践に重きを置きすぎると研究に割く労力と時間は減るッ！

どちらにどれだけ重きを置くかはそれぞれじゃが、わしは研究に重きを置く主義！

簡単確実な治療法を研究して見つけ出し、おおぜいの薬師や治癒術士たちにひろめることで、明日の、未来の怪我《けが》人や病人の治療に役立てる！　それこそが我が目的！

おぬしの言う『ちゃんとした格好をして患者の安心を』というのは、多くの患者を招いて実践の機会は増えるものの、そのぶん研究の時間は圧迫されることになるッ！

つまりわしの方針に合わん！

ならいっそ患者に怖がられ、避けられがちになる程度がむしろ望むところ！

──むろん、担《かつ》ぎ込まれた病気の子供を見捨てるようなことはせん！

あァんな治療やこォんな治療、試してみたい手法はいくらでもあるからのォ！　ケハハハハハハ！」

つまり、『患者が来すぎても研究ができなくなって困るから、こーいう格好や怪しい言動をなおすつもりはない』ということか……。

──ま、村の人たちからも嫌われているようではなかったし、母子におかしなことをする気もないとゆーのなら、あたしが口出しする理由も──

ゴんがんがんがんッ！

しかしその時！

けたたましく打ち鳴らされたのは──玄関のドアノッカー!?

「──なんじゃァ？」

その響きにただならぬものを感じ取ったか、アーティーは立ち上がると部屋を出て玄関へと向かう。さすがに気になり、あとについてゆくあたし。

二人が向かう間にもドアノッカーの連打は続き――

「なンじゃ騒々しいッ！」

吠《ほ》えると同時にアーティーが玄関ドアを開け放つ。

その先に立っていたのは、村であたしたちに道を教えてくれたおばちゃん。

アーティーの顔を見るなり、

「大変だよアーティー先生！　なんかよくわかんない人たちが村に来て、先生が実は悪人だから自分たちがやっつける、なんて言い出して！」

耳にして、あたしは思わず、

「――ついにこの時が――！」

「『ついに』って何じゃ!?　わしゃ疚《やま》しいことなどしとらんわっ！」

「けど怪しい言動はしてるでしょーがっ！　そりゃ誤解もされるわよっ！

――って、言い合ってる場合じゃないわね。

おばちゃん、その、よくわかんない人たちって――？」

「よくわからぬとは無礼なッ！」

凜《りん》とした女の声は、おばちゃんの後ろから響き渡った。

おどろいたおばちゃんがふり返り――その陰になっていた相手の姿があたしからも見えた。

館の前――ゆるいカーブを描く坂の下、彼ら五人はそこにいた。

先頭にいるのは黒髪ショートで二十歳《はたち》をすこし過ぎた女性。彼女の後ろ、左右には体格のいい男が二人ずつ。

全員が揃《そろ》いの、赤いアクセントカラーが入ったまっ白いローブ。両端に飾りのついた白い杖《つえ》。見た目どこぞの教会の神官ふうだが――

五人同時に、だんっ！　と杖で大地をうち鳴らし、先頭の女性が朗々たる声で、

「トゥライズの街、神殿付き回復術士メセナ＝ハルウト！　この村に医者を詐称する邪悪の輩《ともがら》ありとの報《ほう》を受け、神の名において成敗断罪すべく、警護神官隊とともにまかり越した！」

宣言に、アーティーは一瞬沈黙してから、

「……ク……ククククク……」

肩をふるわせる小さな笑いは――

「カァァァッハッハッハァァァァ！」

やがて両手を左右に開いての高笑いへと移り変わる。

「邪悪と言うか⁉　こォのわしを⁉　何を根拠に⁉」

「いや見た目」

とあたし。

「見た目だねぇ」

と、おばちゃんまで。

「一目瞭然っ！」

と、メセナと名乗った相手も叫ぶ。

彼女は手にした杖でこちら――アーティーの方を指し、

「闇を纏《まと》ったかのごとき屋敷《やしき》！　そのいでたちと物言い！　傍《かたわ》らに黒ずくめの女魔道士！」

いっしょくたにされた⁉

「さらに後ろに従えたスケルトン！」

言われて後ろをふり向けば、そこには佇《たたず》むスケルトン！　その手元には、トレイの上で湯気を立てるティーカップ二つ！

……さっきアーティーが茶を淹《い》れてくるよーに命じたスケルトンのアイボリーである。

茶を用意したはいいが、あたしたちが玄関先に移動したせいで、りちぎに追ってきて後ろに控えていたよーである。

……そーいえばたしかに、さっき後ろでかちゃかちゃ聞こえていたが、敵意も何もなかったのと、メセナたちに注目していたせいで、気にもしていなかったが……

「ま……待っておくれよ！」

敵意を燃やすメセナに抗議の声を上げたのは、おばちゃんだった。

「何かの間違いじゃないのかい！　そりゃあ見た目はアレだけどさ！　先生は決して悪い人じゃないんだよ！　うちのダンナだって村のモンたちだっておおぜいが世話になってるんだよ！」

説得に、しかしメセナは間髪入れず、

「それはきっと村の皆が洗脳されているからに他なりません！」

断言する。

「その証拠に！　見なさい！」

指したままの杖を小さく揺らす。

つられておばちゃんがこっちを見たところで、メセナがすかさず、

「すごく怪しい！」

「……ほんとだ……！」

説得されたっ!?

いやまあ、相手から見れば、怪しい屋敷に汚れた白衣と蓬髪《ほうはつ》の老人、その後ろに黒ずくめの女魔道士と、さらに後ろにスケルトン、である。

怪しいとゆー点ではたしかに一切言い訳のしようはないのだが……

「ちょぉぉぉっと待ってよ！」

さすがに黙っていられなくなり、あたしは声を上げる。

「いっしょにしないでっ！　あたしは無実っ！　今日来たところっ！」

「ちょっ……!?　何一人だけ逃げようとしておるんじゃ!?」

アーティーがなにやら文句を言ってくるが――

「あたしが関係ないのはほんとーでしょーがっ！

つーかそっちもっ！」

あたしはメセナたちの方を指さして、

「あたしみたいな美少女をつかまえて黒っぽいから悪っぽいってどーゆーことよっ！

そんなこと言ったら大体の魔道士なんて黒っぽいでしょーがっ！」

「……おぬし散々他人《ひと》の見た目をどうこう言うておいて……」

アーティーがなにやらつぶやくが、そこは無視。

「怪しいからってテキトーに他人を断罪したりすれば、あんただけじゃなくそっちの神殿の評判だって悪くなることくらいわかるでしょーにっ！」

神殿の評判、ということばに、そばの男たちは一瞬動揺を見せるが、メセナは余裕の笑みすら浮かべ、

「なら悪と証明すればいいだけの話！」

「へー面白い！　だったら証明してみせてもらおうじゃない！」

「無論！」

対するメセナは堂々と、

「怪しい！　何かその言い方が気に入らない！　よって悪！　以上、証明終了！」

「証明じゃなく偏見⁉」

ツッコむあたしの声を圧《お》して、

『おおおおおおおお！』

とりまきの男たちが驚嘆のどよめきを上げると、口々に彼女をほめそやす。

「さすがメセナ様！」「完璧な証明です！」「なんという知性！」「感服いたしました！」

言われたメセナは鼻高々。

「……いやいやいやいや……今のを全肯定って……ひょっとしてむしろそっちの方が洗脳されてない……？」

そんなあたしのつぶやきに、男たちは色めき立って、

「何を言う⁉　洗脳とは無礼な！」

「こちらにおわすメセナ様は神官長様のご息女！」

「おぼえが良ければ出世は確実！」

「我々は確固たる意思と誇りをもってイエスマンをやっているのだ！」

……こいつら……なさけないことを堂々と……

そんな彼らの先頭で、メセナは誇らしげに、

「どう⁉　これでわかった⁉」

「何が⁉」

と、あたし。

「これだけ言ってもわからないなら、やはり実力行使あるのみ！　警護神官隊！」

『はっ！』

とりまき四人は、だんっ！　と杖先で地面を突くと、見事に声をハモらせて、

『我ら正義と出世と給与のためにっ！』

言うなり地を蹴りこちらに向かう！

あわてて横に逃げておばちゃん。

……正直、アーティーが実はまともな人なのかどーかという点については自信が持てないのだが……

あたしを『黒っぽいから』という理由でいっしょくたに悪と断じて手を出してきた以上は応戦やむなしっ！

あたしは呪文を唱え、大地に片手をつき『力あることば』を解き放つ！

「霊呪法《ヴ＝ヴライマ》っ！」

術に応えて大地の精霊《ベフィモス》があたりの土を、岩を集め巻き込み、巨大なヒトガタを形作る！

突っ込めば足を取られると悟り、足を止めた男たちの目の前で、巨大な石人形《ゴーレム》が生まれ出た！

「石人形《ゴーレム》！　棒を持った連中を追い払って！」

命令を下してあたしは次の呪文の詠唱開始！

——なぜ『棒を持った連中を』という命令にしたかというと、単純な命令を愚直に聞くことしかできない石人形《ゴーレム》に、もしも『前にいる連中を』と指示したらおばちゃんにまで攻撃しかねないし、『白い服を着た連中を』と言えばアーティーまで排除しかねないからである。

「うおおっ⁉」「こ……こいつっ……！」

石人形《ゴーレム》の向こうから、男たちの動揺の声が響いて――

「うろたえるな！」

間髪入れず、それを叱責するメセナ！

――ちぃっ！　気づかれたか⁉

状況からあたしはああ命令するしかなかったわけだが、それをきちんと理解すれば、実は対応はいたって簡単。

メセナたちは単に、手にした杖をほうり出すだけで、石人形《ゴーレム》の排除対象から外れるわけである。

排除対象がいなくなって動きを止めた石人形《ゴーレム》の横をすり抜ければ、安全にこちらに迫ることができる。

もちろんそうなればそうなったで、相手は素手でこっちに立ち向かわなければならなくなるのだが。

続けてメセナが命令を下す！

「頑張ればなんとかなる！」

わかってなかった⁉

しかも指示内容がふわっふわの精神論⁉

『はいっ！』

イエスマン隊の声が唱和し——石人形《ゴーレム》が腕をひとふりした刹那。

『うぐわぁぁぁぁっ⁉』

彼らの悲鳴が唱和する。

「馬鹿な……！　警護神官隊がこうもたやすく……！」

愕然《がくぜん》たるメセナの声。

……そりゃまあ思考停止イエスマンたちに根性論なんぞ吹き込んだら、一人一人がケタ違いに強くでもない限りはこーなるわな……

「こうなれば私がっ……！」

焦《あせ》りを含んだメセナの声が聞こえて——次の瞬間！

ごがぁっ！

石人形《ゴーレム》の右腕がはじけ飛ぶ！

なにぃぃぃぃぃぃぃぃっ⁉

おどろくあたしの目の前で、続けて石人形《ゴーレム》の左腕まで砕け散り、次の一撃で右ひざを破壊された巨体がかしぎ、倒れ伏す。

大きな痛手に石人形《ゴーレム》は、もはや形を維持する力も失って崩れ落ち、小さな土砂の丘となる。


その頂に立ちはだかったのは他でもないメセナ！

片手の杖《つえ》を振りながら、

「――やはり頑張ればなんとかなるな。岩でできていたら無理だったかもしれないが」

――って、まさかその杖で石人形《ゴーレム》を突き壊したんかっ⁉

いやまあ岩だけで作った石人形《ゴーレム》の方がはるかに頑丈なのは確かだが、そーゆー問題ではない。杖でこんなもんを突き砕くなど、メセナのウデが尋常ではないのだ。

――とゆーかとりまき警護隊って必要か⁉

ツッコみたいところは多々あるが、それより先にあたしは唱えた呪文を解き放つ！

大地に手をつき、

「氷窟蔦《ヴァン・レイル》っ！」

その手を起点に大地の上を、いくつにも枝分かれした氷のツタが疾《はし》り這《は》う！

ツタはメセナの方へと向かい――

彼女は杖の先で大地を突くと、そこを支点に大きく上に跳び上がる！

杖を使って術をかわしつつこちらに肉薄するつもりのようだが――

ツタの一端が杖の先に触れるやいなや、氷はメセナを目ざして杖を一気に這い上がる！

「――⁉」

さすがにまずいと感じたか、彼女は杖を押し出すように突き放し、大きく後ろに跳ぶと着地した。

そこにはようやく身を起こしたイエスマンのみなさん。

「退《さ》がりなさい！」

命令に、一団はやや後退し――やがてあたしが放った氷のツタは、結局彼らに届かぬまま進行を止めた。

――この術、進んだ先で触れたものを氷漬けにするものなのだが、成果はメセナが手にしていた杖一本のみ。

しかし相手の前進は止めた。

あたしとメセナたちは距離を置いてにらみあい――

「フヒャヒャヒャ！」

そこに高々と響いたのはアーティーの哄笑《こうしょう》。

「見ィたか愚物ども！　我が忠実なる配下の力をッ！」

「誰が配下よっ！　つーか煽《あお》るなっ！」

　メセナからは視線は外さず、さすがにツッコミを入れるあたし。

　──と。

「……あのー……」

　声にあたしはふり返る。

「さきほどから何をばたばたとやってらっしゃるんですか……？」

　言いつつ奥からこちらにやって来たのはマリニアさん。

　いちばん後ろのスケルトンに気づくと、一瞬、びくっ！　と身をこわばらせるが、それでも近づいてきて、

「いろいろ事情はあるんでしょうけれど、子供が眠ってますから、できれば静かに……あっ!?」

　声を上げた彼女の視線は玄関ドアの外──メセナたちの方に向いていた。

「あなたは──！」

「知ってる人なの？」

　ふり向いて問うあたしに、マリニアさんはうなずいて、

「わたしたちの街の神官です――」

同じ街の？

「探しましたよマリニアさん！」

メセナの方も彼女を知っているらしく、真摯な表情で呼びかける。

「こんな怪しい奴《やつ》のところにいてはいけません！　さあ戻って！　我々が必ず――！」

「お断りしますっ！」

メセナの呼びかけを、しかしマリニアさんは悲鳴に近い大きな声で遮って、

「うちの子におかしな術をかけて具合を悪くさせておいてっ！」

……って……

「なんじゃとぉおおっ⁉」

「まてぇええええっ！」

アーティーとあたしはほとんど同時に声を上げていた。

二人してずんずんとメセナたちがいる方に歩み寄りつつ、

「貴ィ様まさか病気の子供に治癒《リカバリィ》か何かをかけたのではなかろうなッ⁉」

「言っとくけどアレはケガを治す術で病気のひとにかけちゃあ絶対ダメだからっ！」

二人にまくし立てられてメセナはいささかひるみつつ、

「……だ……駄目って……治療のためなのだから適切……」

「病人にあんなもんをかけたら重症化することがあるくらい、人を治すモンからしたら常識じゃぞッ！」

「ふつーそーいう場合はウデのいい薬師とかを紹介するってのがセオリーでしょうがっ！てか本当に治癒《リカバリィ》かけちゃったの!?」

なおも問い詰めるアーティーとあたし。圧《お》されてさらにひるむメセナ。

「……け……けれど！　信仰と慈愛の心をもって使ったなら、経過はともあれ最後には、神は必ず救いの手を……」

「神を自分の思考停止の言い訳に持ち出すでないわ！　それはむしろ神への冒瀆《ぼうとく》と知るがいいッ！」

「そもそもちゃんと適切に治療してたら、神サマの救いの手？　とかをわざわざ借りる必要すらなかったってこと、わかってる？」

「……く……うっ……」

反論できず呻《うめ》くメセナ。

……なるほど……

一体何がどーなっているのか、どーやらだんだんわかってきた。

「つまり、こーゆーことね」

両手を腰の横に当て、あたしはメセナたちをにらみつけ、

「子供が病気になったマリニアさんは、最初、あんたのところへ行って治療を頼んだ。ところが──

病気に治癒《リカバリィ》は逆効果だってことを知らなかったあなたは、術をかけてむしろ悪化させちゃった！」

「……うぐっ……」

それが正解であることを、メセナの表情が物語る。

あたしは続ける。

「──で。

ヤバいと思ったマリニアさんは子供を連れて、ウデがいいと評判だった、この村のアーティーのところにやって来た！

このままじゃあ自分のメンツが丸つぶれになると思ったあなたは、アーティーの見た目が怪しいことを利用して、悪人と決めつけて裁き、患者を取り返してなんとかミスをごまかそうと、とりまきを連れてやって来た、ってわけね！」

「ち……違う！」

指摘に顔色を変えるメセナ。

「何が違うのよ？」

「……治癒《リカバリィ》をかけて苦しませてしまったのは事実……

しかし、マリニアさんが子供と一緒に姿を消して、心配したのは本当だ！

どこに行ったのかあわてて探していたら、街の人が『この神殿以外で手当てできるところはないかと聞かれたので、少し離れた村に、魔族に魂を売ったかと思うくらい怪しい医者がいるけれどウデはいい、と言ったらそちらに向かったようだ』と……！

そこで、子供をそんな奴の毒牙《どくが》にかけるわけにはいかない、と、手勢を率いてやって来たまでで……！

……その……治療方法を間違えていたというのなら、そこは詫《わ》びなければいけないが……できれば私の手で治したい……」

「……ククククク……どうやら自らの愚かさにようやく気づいたようじゃのォ……しかしッ！」

アーティーは勝ち誇った口ぶりで、

「残念じゃが少ォし遅かったようじゃな！

子供の治療はすでにもうこのわしが済ませておいたわァ！

薬を飲ませて今は眠っておるが、次に目覚めた時には……ククク……わしの目論見《もくろみ》通りであれば！　症状は緩和しておるはずじゃ！　貴様の目論見は全て無駄じゃったというわけじゃ！　キハハハハハハハハ！」

「いや言い方！」

なんで『もう治療終わってる』とゆーだけのことを、それだけ怪しく語れるのか。

勝ち誇る（？）アーティーに、メセナは歯がみしつつ、

「……このまま患者を余所《よそ》で治療されたとあっては神殿の名折れっ……！

こうなったらっ……！」

彼女が何をどう決断したのかは不明だが、しかしそれを口にするより早く。

さっき一度は逃げたはずの村のおばちゃんが、血相変えて坂の下からまたやって来る。

「大変！　大変だよ！」

「——今度は何じゃ⁉　次から次へと⁉」

問いかけるアーティーに、おばちゃんは坂の下——メセナたちの後ろで足を止め、

「何か知らないけど！　今度は野盗みたいな連中が村に押し寄せてきて！　神官たちを出せってわめいてるんだよ！」

「神官——？」

顔を見合わせたのはメセナとそのとりまきたち。

少なくとも今この場で『神官たち』っぽく見えるのは彼らしかいない。

「……あんたたち何やらかしたの……？」

「な……何もやっていないぞ！」

あきれ顔で問うあたしに、メセナは左右に首を振り、

「そういえばこの村に来る途中、道ばたにごろつきのような連中が倒れていたが……『ああ、ごろつきが倒れているなあ』と思っただけで何もしないで通り過ぎただけだ！」

助ける気皆無⁉　いや助ろとは言わんけど！　まあ確かに『何もしてない』けどっ！

いーのかそれは神官として⁉

……って……あれ？

村に来る途中に倒れてた、ごろつきっぽい連中ってひょっとして……

「とにかくあんたら！　早くなんとかしておくれよっ！」

おばちゃんの催促に、メセナはあたしたちに向かって、

「――話はあとだ！　私たちはまず野盗に対処する！　行くぞ警護神官隊！」

『はっ！』

言い放ち、こちらの返事も待たずに回れ右。坂の下へと駆けてゆく。

残されたあたしとアーティーは視線を交わして——

小さな村には外壁もなく、村と森とを隔てているのは空き地だけ。

今。その空き地には。

いかにもなごろつき姿が、見たところざっと二十人。先頭には、こいつが頭目なのだろうか、己が力を誇示するように大剣をかついだ大男。

距離を置き、村を背にして対峙《たいじ》するのはメセナととりまきたち五人。

メセナはあたしとのいざこざで杖《つえ》を手放したが、今は持っている。かわりにとりまきの一人が素手になっているから、そいつのを受け取ったのだろう。

……そんなんでいーのか警護隊……もはや単なる予備の杖置き場なんじゃないかこいつら……

「来やがったな神官ども！」

大男が吠《ほ》える。

「よくも手下どもをいたぶってくれたな！　まさかタダで済むとは思ってねえだろうな⁉」

「何の話⁉」

返すメセナの言葉を聞いて、男は眉を吊《つ》り上げて、

「とぼけんな！　やられた手下の一人がてめぇらの後ろ姿をちゃんと見てんだよ！」

……やっぱしそうか。

もはや言うまでもないだろうが、つまりはこいつら、マリニアさんたちにからんで、あたしに吹っ飛ばされた連中の仲間なのだ。

吹っ飛ばされて気絶して、たぶん誰かが意識を取り戻したタイミングで、素通りしたメセナたちの後ろ姿を見かけ、彼女たちにやられたのだとカン違い。

別の場所にいた仲間たちに連絡し、意趣返しに来たわけである。

……野盗は見つけたら根こそぎ粉みじんにしておかないとまた生えてくる、とは言ったけど……また生えて来るの早いなー……

頭《かしら》とおぼしき大男は額に青スジ浮かべつつ、

「――こっちだって何も村の蓄えをよこせとまで言ってるわけじゃねえ。けどな。オトシマエはつけさせてもらわなきゃあな？

それじゃあ――」

男は剣を高々とかかげると振り下ろし、それを合図に――

「火炎球《ファイアー・ボール》っ！」

ごばぁぁぁぁあんっ！

横手にこっそり回り込み、木陰に潜んでいたあたしが、唱えていた呪文をぶっ放す！

大剣の男を含む大半が吹っ飛んで、残った連中も、事態が理解できずにおろおろしている。

その間にあたしは呪文を唱え――

「もういっちょ火炎球《ファイアー・ボール》っ！」

ぶべぇえぇえぇえん！

残った野盗の大半が吹っ飛ぶ。

それでもまだ数人が残っていたが――

「メセナ！　残りの連中おさえて！」

あたしの指示に、呆然《ぼうぜん》としていた彼女はすぐさま我に返り、

「捕縛しろ！」

声を上げると同時に地を駆け、残った野盗たちの方へと向かう！　そのあとに続くとりまきたち！

彼女の操る杖が風を貫き、野盗を突き、薙《な》ぎ、打ちすえる。

彼女から少し離れた場所にいた野盗には警護隊が包囲殺到し、蹴りが、拳が次々と警護隊のメンバーを蹴散らしてゆく！

……警護隊ぃぃぃぃぃぃっ⁉

名前負けどころかなんぼなんでも弱すぎるだろおまいらっ⁉

警護隊を易々《やすやす》蹴散らした野盗は逃げ場を探して視線を巡らせ――

だがそこに！

白い影が地を疾《はし》る！

「な――⁉」

野盗が驚きの声を上げたのは、いともたやすく転がされ、うつぶせに組み伏せられたあとだった。

――一体のスケルトンによって。

これは――アーティーのスケルトン⁉

この時にはメセナの方も、残る野盗たちをうち倒していた。

「ケヒャヒャヒャ！　これで一通り片付いたかのォ」

言いながら、村の方から歩いて来るアーティー。

たしかにあたりに注意を払っても、別働隊や伏兵の気配はない。どうやらとりあえず終わったようだが――

それはいいとして。

「ちょっ……このスケルトンって、お茶を運んできてくれたやつじゃない!?」

「無論そうじゃが？」

「家事や治療手伝い用じゃないの!?」

「治療中に暴れる患者もおるからのォ。そんな相手の制圧パターンはいくつか教え込んでおる。それを野盗に使《つこ》うたまでよ。クカカカカ。

それにしても――」

彼はあたりを見渡して、

「あれだけおった盗賊どもをいともたやすく蹴散らすとは……さすが噂《うわさ》に名高いリナ＝インバースよのォ」

言ったそのとたん。

「え!?　リナ＝インバース!?」

メセナがはじかれたようにこちらを見やる。

「……あー……そーいえばあんたにはまだ名乗ってなかったっけ……」

「……ひょっとしてひょっとすると……あのリナ＝インバース⁉」

『あの』って言われたっ⁉

――もちろんあたしは知っている。

こんな時、『あのってどの⁉』などと聞き返してはいけないことを。ほぼ間違いなく想定以上の悪口が返って来るから。

あたしは半ばヤケ気味に、

「あー。たぶん『その』リナ＝インバースよ」

言ったそのとたん。

メセナはがくがく震えだし、

「……そ……その……知らなくて……どうか家族の命まではっ……！」

「あたしを一体何だと……！　いややっぱし言わなくていいっ！」

などとやっているそのそばで、アーティーはコケて倒れた野盗たちを何やら品定めしており、やがて――

「――ふむ。このあたりか」

一人の野盗のそばにしゃがみ込み、片手を押し当て、何やらぶつぶつつぶやきはじめる。

――って……これは⁉

「復活《リザレクション》!?」

「──復活《リザレクション》」

あたしが思わず上げた声と、アーティーの呪文発動が重なった。

「ちょっと!?　こいつらのこと治すの!?」

あわてて声をかけるあたし。

ここでこいつらを治したとして、感謝して心を入れ替える奴《やつ》と、逃げたりまたまた攻撃して来たりする奴と、どっちが多数派かを考えれば──

「当然じゃろ」

しかしアーティーは迷わずそう言い放ち、別の一人に術をかけてゆく。

「……ちょ……ちょっと待て……」

その様子にメセナは顔色を変え、

「復活《リザレクション》だと!?　高等呪文だぞ!?　それを……しかも立て続けに!?　野盗相手に!?　なんでこんな連中を治してやる必要が!?」

だがそれを──

「何を言うておるこォのぼんくら!　おぬしそれでも癒やし手か!?」

アーティーは一喝する!

「目の前に重い怪我《けが》を負った者たちが多くおる！　これがどういうことを意味するか、よもやわからぬのか⁉」

問われたメセナは小さく息を呑《の》み、

「それは――たとえ野盗であろうと命の重さは同じ、怪我をしているなら等しく治すべきだと――？」

「違ぁぁぁぁウッ！

相手は野盗！　そして重傷ッ！　なァらばッ！

さまざまな治療法を、失敗を恐れず遠慮なく好き放題に試せるではないかッ！　このような好機を逃すテなどあるまいて！

無論こォんな連中は、死なぬ程度に治すだけで、完治などさせてやらんっ！　治した途端に抵抗でもされたらたまらぬからのォ！　ヒャーッヒャッヒャッヒャ！」

「……え……えぇ……」

容赦の無い発言にメセナは引き気味だが――

「ま、見捨てるって言ってるわけでも罪も無いひとに人体実験をやろうって言ってるわけでもないし」

と、あたし。

「少なくとも、あんたが最初に思い込んでいたほどヒドい医者じゃあなさそうだ、っていうのはわかるでしょ」

「それは——まあ……」

と、歯切れの悪いあいづち。

「ヒャッヒャッヒャッ。お前さんにしてみれば不満じゃろうなァ」

そんなメセナに向かってアーティーが言う。

「なにしろ自分のところの神殿のメンツがかかっておる。お前さんが治せなんだ病人が、わしのような怪しい医者に治されたとあっては、いい面《つら》の皮じゃからのゥ」

……あー。なるほど。メンツとゆーやつかー。

あたしはようやく、メセナがアーティーを悪役にしたがっていた理由を理解した。

神殿で治療に失敗した子供が、離れた村の見た目くっそ怪しい医者にかかったら治りました。なおかつその怪しい医者は復活《リザレクション》なんぞとゆー最高位の回復呪文まで使えます。

こんな話がひろまれば、メセナのところの神殿の意味って……？　という話にもなりかねない。

意地だのメンツだのとゆーのは、なかなかめんどくさい話である。正直これ以上はかかわりあいにはなりたくない。

あたしは頭を掻《か》きつつ投げやりに、

「……つまんないことにこだわってないで、テキトーに仲良くすりゃあいーのに」

いーかげんなことを言い捨てる。

「しかしそういうわけには――」

メセナが何やら言いかけるが――

「適当に――そういうことか！　やるのぅリナ＝インバース！」

何やら突然アーティーが興奮した声をはり上げた。

「どういうことだ？」

眉をひそめるメセナに、

「わからぬか？　互いにほど良い適度な協力をしろ、という話じゃ！

そちらは患者の手当てをしながらも神殿の権威や面目も保たねばならん！

一方わしは研究と実施・検証に重きを置く。

目的もやり方も違う二者が心を一つに手に手を取って――というのは到底不可能じゃが、
ゆえにこそ逆に、可能な部分は協力、という方法はある！

たとえばこうじゃ！

わしは治療の方法をそちらに提供！

かわりにそちらからはいくばくかの資金をいただく！

そちらに重傷患者や特殊な病の患者が訪れた時には、わしがそちらを訪れて診ても良いな！」

「……しかしその格好では……」

メセナが抱くとーぜんの不安を、しかしアーティーは一蹴する。

「案ずるな！　もしそういう話になった時はさすがにもう少しマシな格好をするわい！

そちらさえ良ければ神官の格好とフリをしてもかまわんぞ！

これならそちらは治療技術と名声が、わしはこの静かな村での研究と実験を行う環境が手に入る！　互いにとって利のある取引じゃろう⁉」

「それは――たしかに悪くない案に聞こえるが……」

「無論おぬしの一存で今決めろとは言わぬわ！　じゃが持ち帰って上に掛け合う価値くらいはあるのではないか？

細かいところはあとあと詰めるとして、まずは大枠、じゃな」

「……念のため確認するが、こちらで神官の格好をする時には、怪しい笑い方をしないと約束できるか？」

「無論——というか、治療をしながら高笑いする趣味は無いわい」

……言ったあたしにそんなつもりはなかったのだが、とりあえずなんだか丸くおさまりそうな雰囲気ではある。

二人のやりとりを眺めつつ、あたしは内心思うのだった。

——めんどくさいから、もうなんだっていいです——と。


かくて。

小さな村で起きたごたごたは、とりあえず円満な解決を見たのだった。

あたしは結局村には一泊しただけなので、アーティーとメセナたちの交渉が後々どうなったかまでは知らないが、あの感じなら、それなりにうまくまとまったのではないだろうか。

なお野盗たちは暴れられない程度に回復させてふん縛り、後日メセナたちが大きな街の警備兵につき出す予定だとか。

……もちろん野盗の大半はあたしが倒したわけではあるが、あとの手続きもろもろのめんどうくささを考えて、退治の手柄はメセナたちに譲ったのだ。有料で。

そして。

肝心なマリニアさんの子供、ルカに関しては、翌日には無事熱も下がって目を覚ましていた。症状からはとりあえず完治の方向に向かっているらしい。

そんなこんなで。

意識を取り戻したルカが、アーティーの姿やスケルトンの怪しさとコワさにギャン泣きし続ける声を背に、あたしは村をあとにしたのだった――

（ヴィクトル＝アーティーの診療所：完）

ドラゴンマガジン2019年3月号　ファンタジアヒロインカレンダーブックより

その日の朝。

「みなさんっ！　たいへんですっ！」

宿の食堂にやや遅れてやって来ると、開口一番そう言ったのは、あたしの旅の連れの一人、アメリアだった。

「何かあったの？」

朝食前のオレンジジュースをちびちび飲んでいたあたしが問えば、彼女は眉間にシワを寄せ、

「春なのに、まだ正義をやっていませんっ！」

…………

ふーん。

「じゃあそろそろ朝メシ注文するか」

とガウリイがメニューに目をやって、

「おれは鴨《かも》のキッシュで」

こちらはゼルガディス。

対するアメリアは柳眉《りゅうび》を逆立て、

「なんで無関心なんですかっ!?」

「すまん。むしろどう関心を持てばいいのかわからん」

視線も合わせずしごくまっとーなことを言うゼルに、アメリアは焦《あせ》った表情で、

「正義といえば春の風物詩じゃないですか！」

「そこからまずわかんないんだけど」

支離滅裂な言い分に、さすがにあたしが口をはさむ。

「春の風物詩っていったらごろつき野盗でしょ」

「いや、それもわからないぞリナ」

ガウリイのモノを知らない発言に、あたしは小さくため息ついてから、

「……あのねぇガウリイ……

冬の間は寒いでしょ。日も短いし天気だって心配。急な雪でも降り出したら、って考えると、気安く遠出はできないわ。

つまり、個人レベルの旅人はぐっと数が減るのよ。

もちろん商人なんかは行き来するけど、たいてい護衛を雇ってる。

そーすると野盗も、襲いやすそうな相手が通るかどうかわかんない街道で待ち伏せなんてしないで、それまでのたくわえで食いつないだり、小さな村の保存食とかを狙ったりするようになるのよ。

けど春になると少人数の旅人も増えるから、そこを狙った野盗なんかも街道ぞいに出てくるってわけ。カエルや虫と同じ立派な春の風物詩って奴《やつ》よ」

「――いや、ホウレンソウとベーコンソテー添えスクランブルエッグも悪くないな……」

もはやゼルは完全に、朝食のメニュー選びに没頭していた。

「それを言うなら正義もですっ！」

一方アメリアが声を上げる。

「リナが言ったとおりっ！　春になると野盗が街道ぞいに出やすくなりますっ！　そうなると退治する時、高い所に登ってから登場しなくちゃならないじゃないですか！」

前提が間違っている気もするが、そこは言い出すと終わらない気がするので流しておく。

「でもってこれから先、夏に近づいて木々の葉っぱが生い茂りすぎると、地面にいる悪党から木の枝に登ったこっちの姿が見えにくくなるじゃあないですか！　そうなると困りますよねっ！」

『何者だ！』

「ですからっ！　木に登ったこちらの『そこまでですっ！』から野盗たちの『何者だ！』『どこだ！』『どこにいる！』『あそこだ！』までが一連の流れじゃないですか！

けどこれ以上葉が茂ると『どこだ！』『どこにいる！』『本当にどこだ』『誰もいないぞ……！』『おい……これ、生きてる人間じゃないんじゃないか……』『おいよせやい気味の悪いこと言うの……』ってホラー方向の展開になっちゃうじゃあありませんかっ！」

「……どんだけお化けがこわいのよ。その野盗。」

「ともあれっ！

野盗が活発に動き出して、これ以上木の葉が茂りすぎない今こそがっ！　正義を行うのに一番適した季節ですっ！

街道をゆけばあちらにこちらに、登り頃の木に仁王立ち頃の枝が目につきますっ！　だというのにっ！　まだ満足に正義をやっていないなんてっ！　評判のおいしい店に行ってメニューだけメモして帰るようなもんですよっ⁉」

「そこまでっ⁉」

「──なあそろそろ朝メシ──」

「ガウリイさんもっ！　ちゃんと聞いてくださいっ！　今、大事な話を──」

「――馬鹿な!?　アトル鶏《どり》のタマゴとリトカ茸《たけ》のチーズオムレツ……だと……!?」

――!?

「アトル鶏の!?」

「リトカ茸の!?」

「チーズオムレツ!?」

ゼルの発したパワーワードに全員一瞬凍りつき、いそいそとテーブルにつくと、朝食を注文すべく店員に声をかけるのだった――


*この物語はフィクションです。実際の春の風物詩やスレイヤーズ本編とは関係ありません

魔力剣のつくりかた

そこは最初、廃屋に見えた。

「……ここ……だよな？」

足を止め、ぼーぜんとそうつぶやいたのは、あたしの旅の連れ、ガウリイだった。

金髪美形のスゴ腕剣士なのだが、脳ミソの中にはたぶんモズクが詰まってる。

「……そのはずだけど……」

と、隣であたし。

小さな村から少し離れた山の中。まわりを木々に囲まれた家。壁にはツタが這《は》い回り、屋根は板瓦《スレート》のすき間から、名も知らぬ雑草が生え散らしている。

しかしよくよく見てみれば、玄関ドアや窓の板戸まわりにツタはない。つまりは人の出入りがあるということだろう。

あたしは玄関前に歩み寄り、手の甲で軽くドアをノック。

──木の葉のさざめき。鳥の声。

緑のにおいが風に濃い。

しばし間を置き、あたしはふたたび、こんっこんっ、と今度は強めにノックして──

建物の中で動きがあった。

かすかな気配は足音となり、奥からこちらに近づいてきて──

――ぎっ……ぃいいいっ。

きしみを立ててドアが動き、わずかなすき間を開け、止まる。

「……何の用だ……？」

そこから片方の目を覗《のぞ》かせたのは、やたらひょろ長い印象の男。

あたしはその顔を見上げると、

「あ。ちょっと離れた村のひとから、ここにいい剣を打つ鍛冶屋《かじ》がいる……かも、って聞いたんだけど……」

「ああ。それなら俺だ」

男は銀髪に、不健康そーな青白い顔。まったく鍛冶屋っぽくはない。が。

言いつつも、声が自信なく先細りになってゆくのが自分でもわかる。

男はあっさりとそう認め、やる気も興味もなさげな口ぶりで、

「だが、悪いが誰にでも見境無く武器を打つつもり……は……」

男の視線があたしのえり元で止まる。

そこには――

「……そのネックレス……!? いや、ベルトのバックルもか!? そんなものを一体……？

あ――いや。

門前払いはナシだ。入ってくれ」

男は態度一変、興奮ぎみにまくし立て、玄関ドアを大きく開けた。

どーやら見る目はあるらしい。

あたしのえり元とベルトのバックル、でもって両の手首につけた宝石のようなものは、かなーり特殊な呪符《タリスマン》。男はそれに気がついて、こんなものを身につけている相手なら、話を聞くくらいの価値はある、と判断したのだろう。

招かれるままあたしとガウリイはドアをくぐり——すぐに気づく。

「……エルフ……？」

すき間から見ただけではわからなかったが、男は白い肌にとがった耳という、あきらかにエルフ族の特徴をそなえていた。

人に比べて長命で魔術にも長《た》けた種族……なのだが、鍛冶屋向きだという話はあまり聞いたことがない。

「ああ。ごらんの通り。名はロニアスだ。まあ座ってくれ」

言ってエルフの男——ロニアスは目の前のテーブルとイスを目で指した。

応接室とも呼べない殺風景な広い部屋。年季の入ったテーブル一つにイス四つ。見当たる家具はただそれだけ。鍛冶屋っぽさなどどこにもない。

彼とあたしたち二人は向き合う形で席につき、

「あたしはリナよ。リナ＝インバース。見ての通りの魔道士よ。

で、こっちのが――」

「ガウリイだ。よろしくな」

と、まずは自己紹介。

「実はあたしたち、彼――ガウリイが使う剣を探してるの。

前は彼、かなりいい剣を使ってたんだけど、しばらく前にちょっとしたごたごたがあって無くなっちゃって」

と、あたしは事実をちょっと控えめに説明した。

……『かなりいい剣』『ちょっぴり控えめに説明した』『ちょっとしたごたごた』とゆーのはかなり控えめな表現なのだが、おーざっぱに説明を省略し、

「今はとりあえずの剣を使ってるんだけど、力不足感があって。

ちょっとくらい割高になっても、いい剣がほしいんだけど……」

あたしはややことばを濁し――

「なあ、ここって本当に武器屋か鍛冶屋なのか？」

室内をぐるりと見回して、ガウリイが疑問をストレートにぶつけた。

普通そういうところなら、見本の武器くらい並べていてもよさそうだが。

「ああ――もっともな疑問だな」

ロニアスは長い銀髪を左手でかき上げ、

「誰にでも売るわけじゃないんで、在庫は置いていないのさ。工房本体は奥の地下。

――とはいえたしかに、見本もなければそっちも判断に困るか。

少し待て」

彼は席を立つと後ろのドアに姿を消して、さほどもせずに戻って来る。

その右手には鞘《さや》におさまった小さなナイフ。

「これは少し前に打った普段使い用のものでな。手に取って見てくれ」

彼は席に着きつつ、ナイフをテーブルの上、ガウリイのすぐ前に置く。

「それじゃあ」

ガウリイはナイフを手に取り、鞘から抜いて――

「――へぇ」

ガウリイが漏らす感嘆の声。

抜き放たれたナイフの刃は長さにすればてのひらサイズ。

見たかぎりでは悪くなさそうだが――

「これで切れ味を試してみてくれ」

　言ってロニアスがさし出したのは、左手で持っていたおんぼろのカナヅチ。

　鍛冶用というより大工用に見えるが、ヘッドはボコボコでサビが浮き、木の柄は古びてヒビが入っている。

「切っていいのか？」

　ナイフの鞘を置き、左手でカナヅチを受け取りながら問うガウリイに、

「かまわんよ。さすがにもう使えん」

「それじゃあ――」

　ガウリイは右手のナイフをカナヅチに当て――

　きんっ。ごとりっ。

　鋭い音とともに断たれたカナヅチがテーブルに落ち――

「はぁぁぁぁぁぁっ⁉」

　突如すっとんきょうな声を上げるロニアス。

　彼は驚愕《きょうがく》の表情で、

「普通試し切りっていったら木の柄の方だろ⁉　なんで鉄のヘッドの方切る⁉」

『あ。』

ファンタジア文庫
天羽《あまは》ルイナの空想遊戯《くうそうゆうぎ》
Amaha Ruina's Illusory Arena
彼女の作った鬼畜ゲームを、僕が攻略するまで
『これは、天羽ルイナが作ったゲームのシナリオだ』
少女のシナリオに挑め!
斜め上の王道 &
ゲームファンタジー!
第37回ファンタジア大賞
金賞
羊太郎特別賞
著：ショーン田中
イラスト：輝竜司

指摘に声を漏らすあたしたち。

——そう。ガウリイがナイフですっぱりやったのは、木の柄ではなく鉄のヘッド。

……もちろん普通は、おんぼろとはいえ鉄のヘッドなんぞ切れるわけがない。

だがガウリイという尋常じゃない腕前の剣士に、ロニアスが渡した、おそらくこれまた尋常じゃないナイフが加わり、それを可能にしたのである。

……いや……あたしもガウリイに関してはわりと感覚がマヒしてて、彼が鉄のヘッドの方を切ろうとしていた時も、（まあガウリイならそっち切ろうとするよねー）とかフッーに思っていたのだが……

ロニアスの反応の方が正常である。

「普通は切れんぞこんなもん！」

言いつつロニアスはヘッドの断片を拾い上げ、その切り口をしばし眺めて——

「……ガウリイ、と言ったか？　あんたの腕前が飛び抜けてるのはよくわかった……」

「あんたのナイフもたいしたもんだぜ」

ほがらかに言いつつガウリイはナイフを鞘へとしまう。

「——それに——」

ロニアスはガウリイをまじまじ見つめると、

「俺のナイフを見ても魅入られないというのもたいしたものだ」

「『魅入られる』ってなんぢゃそりゃっ⁉」

さすがにそこはツッコむあたし。

「何それ呪いのナイフってこと⁉」

「そうじゃあない。

人という奴《やつ》は、『力』があると使いたがるもんだ。この場合の『力』はそのまんま力だったり、権力だったり金だったり——よく切れる刃物だったりするわけだ。

そんな刃物と出会ったら、大なり小なり、これで何かを試しに斬ってみたいって気分になるもんだろ。

その気持ちが強すぎると、魅入られたようになる、ということだ」

「……そーゆー意味ね」

説明されればわからなくはない。

あたしだって、何かの攻撃呪文を使えるようになった時には、実験名目で手近な盗賊団相手にブッ放すこともある。

「——てことはこれまでにも、あなたの打った武器に『魅入られた』人もいたわけ？

それで誰にでも見境無しには武器を売らなくなった——とか？」

「ああ。まさしくその通りだ」

　彼は小さく肩をすくめると、

「武器じゃないんだが、少し前――四十年くらいになるかな？　近くの村に住む農家の男に鎌を打ってな――」

　四十年が少し前……さすがエルフ、時間の感覚が人間とは全然違う。

「後日、別の村人から持ち主の様子がおかしいので見に来てくれと頼まれて行ってみれば、俺が打った鎌に『万物を刈り取るもの《ジェノサイダー》』と名前をつけて、ぎらぎらした目で鎌の刃をなめ回してたのでとり上げた」

「怖ッ!?」

　それもぉ魅入られてるってゆーか完全に呪いの道具じゃない！」

「道具と人との相性という話さ。

　俺が打った刃物に持ち主全員が魅入られてるわけじゃない。

　たとえば昔、同郷のエルフに頼まれて打った剣は、数年たってから『切れすぎて扱いにくくてコワい』と、ちゃんと持ち主が正気のままドン引きで返品してきたぞ」

「ダメじゃん。」

「その返品された剣ってどうしたんだ？」

問うガウリイに、ロニアスは、

「ああ。しばらくうちで保管してたんだが、切れすぎて扱いにくくてコワいんで、かといって潰すには惜しい出来だったから、刃《やいば》の表面を別の刃で覆って切れ味を落としてから売っ払った」

「ダメじゃん。」

「大事なのは、人が道具に使われるのではなく、きちんと使える人間の手にふさわしい道具はあるべき、ということだ。

現に彼、ガウリイは俺のナイフに魅入られもせず、ちゃんと道具として扱っただろ？」

「ま……まあ……」

ガウリイが以前持っていた剣は伝説クラス。それでも力におぼれることなく使っていたからなぁ……こいつ。

のんきすぎるんだか平常心がハンパないのか……

「で——そうすると、武器は作ってくれるってことか？」

「ああ。あんたにならいいだろう」

ガウリイの問いにロニアスは迷わずうなずいて、

「で、こっちからも聞きたいんだが、あんたらの言う『いい剣』っていうのはどのくらいのものを言ってるんだ？」

——もちろん理想は、肉体を持たない純魔族でも斬れる剣だが、さすがにムチャな要求か。だがひょっとすると、同郷のエルフもどん引きするような剣が作れる彼ならば——

「魔族を斬れる剣、だな」

あたしが迷う一瞬に、ガウリイがおくめんもなく——むしろほがらかにそう言って、

「はははははははははは！」

ロニアスは爆笑する。

「魔族を斬るとは……これはまた大きく出たな。あんたらこれまでどんな修羅場をくぐって来たんだ。

——いいぞ。なんとかしてやる」

「作れるの⁉　そんな剣⁉」

さらりと言われてあたしは思わず声を上げる。

「ガウリイが言ってるのって、レッサー・デーモンとかじゃなくて純魔族の話よ⁉」

「それはそうだろう」

またまたさらりと言い放つ。

「レッサー・デーモンなら普通の剣でも腕次第で斬れる。ならわざわざ魔族を斬れる剣、

なんて言い方はしない。

で——」

右手で髪をかき上げて、

「作れなければ『なんとかしてやる』なんて言わんよ」

『おおおおおお』

感心の声を上げるあたしとガウリイ。

「とはいえ——だ。

作るに当たっては足りん材料がある。

材料集めに手を貸してくれるなら、そのぶん値は引くが?」

「ああ!　いいぜ!」

二つ返事で応えるガウリイ。いやあの。

「ちょっと待った!

手を貸すのはいいけど、どれくらい離れたどんな所に行って何を集めるの?」

さすがにそこは確認しておかないと、もしも片道一年、とか言われたら、さすがに遠慮したいところである。

「ここから十日ほど山の奥に行った場所で採れる魔銀鉱《マグスタイト》だ」

「……まぐすたいと……？」

聞き慣れない名前をおうむ返しにつぶやくと、

「ああ。俺たちエルフが呼んでる名だが――

どうやらあんたたち人間の目には普通の石と変わらなく映るらしい。

俺も同行して探すが、あんたらには道中の護衛と、運ぶのを手伝ってもらいたい」

「――それくらいなら――」

「ああ！　問題ないぜ！」

あたしとガウリイ、二人の答えにロニアスは満足げに、

「なら出発は明日でいいか？　今日はそちらは村で準備をして、あらためて明日の午前中にここに集合だ」

提案にうなずくあたしとガウリイ。

かくて一同は剣の素材集めに出かけることとなったのだった。

「よーし今日はここまで。今夜はここで野営だな」

ロニアスのその宣言に――

『――は!?』

あたしとガウリイ、二人は思わず声を上げてふり向いた。

少し後ろを歩いていた彼は、答えも待たずに山道そばのせまい空き地にザックを下ろし、平たい石に腰かけた。

「――ふぅ――」

ため息とともに天をふりあおげば、散る汗が陽《ひ》の光にきらめいて。

そんな彼の向こうには、森の木々に半ば埋もれて、ほんのちょっと前に出てきたばかりの廃屋――もとい。工房の屋根が小さく見える。

「いや『ふう』じゃなくてっ！　たった今出発したばかりでしょーがっ！」

歩いた距離はせいぜい町の通り二つ三つぶん。とーぜんまだ昼にすらなっていない。

「――どうやらあんたはわかっていないようだな――」

あたしの抗議にロニアスは小さな笑みを浮べると、銀色の髪をかき上げて、

「この俺の体力がもう限界だということが！」

「早ッ⁉　限界早ッ！　陸にうちあげられた魚でももーちょっとがんばるわよっ！」

「凄《すご》いな……魚は……」

「遠い目で魚に感心するなぁぁぁっ！　い……いくらなんでも冗談よね⁉」

「人間にはわからんか……俺たちエルフの繊細さは……」

「種族のせいにすんなぁぁぁっ！　あたしも他のエルフと会ったことくらいあるけど、ンなしなびたカイワレみたいな体力じゃなかったわよ⁉」

「そこは個人差だな。他のエルフがそうだからといって、日頃家の中でごろごろしていた俺の体力が増えるわけでもないさ」

「――なら――」

と、横からガウリイが口をはさむ。

「オレが背負っていくってのはどうだ？　それならそっちの体力の心配はしなくていいだろ？」

「――やれやれ。何を言い出すかと思えば」

ロニアスは鼻で笑うと肩をすくめて、

「男におんぶされるとか、気持ち悪いじゃないか」

「おま。」

「それに鎧《よろい》とか当たってゴツゴツして痛そうだし」

「……まさかあたしにおんぶしろ、なんて言わないわよね……？」

ジト目で問うあたしを、またもや彼は鼻で笑って、

「子供におんぶされるとか。かっこ悪いだろ？」

「誰が子供よ⁉　とゆーかこの距離で力尽きる体力の時点でどーしよーもないくらいかっこわるいからっ！

……じゃあ、体力がダメダメで歩くのがつらいなら、魔力は⁉　エルフだったら魔力はじゅーぶんでしょ？　空に浮いたり飛んだりする術って使えないの⁉」

「ふっ……馬鹿だなぁ。使えるに決まってるだろそれくらい」

「じゃあそれを使えば――」

「はっはっはっは」

彼は長い髪を指でくしけずりながら、

「高い所、超怖いから」

…………

「リナ」

思わず絶句したところを、ぽんっ、と肩を叩《たた》かれふり向けば、そこにはほがらかな笑顔のガウリイが、

「無理だ。これ。」

「笑顔であきらめたっ⁉」

そっかー。ガウリイが笑顔であきらめるかー。そっかー。

「だって鍛冶って体力がないと無理だろ？　この体力じゃあ……」

「そこは正直、あたしも同感。

鍛冶にそこまでくわしいわけじゃあないけど……熱した鉄をひたすら鎚《つち》で打ち続けて鍛える、ってことくらいはふんわり知ってるし。

正直、それができるよーには思えないんだけど……」

正直、五、六回鎚でトンテンカンテンやったら力尽きるよーにしか思えない。

「ふっ……もっともな疑問だな。

確かに俺は、生身の腕力じゃあまともに鎚も扱えん。

二回も打てばもうぐったりだ！」

想像を超てた⁉

「だがそれは生身ならばの話！

――いいだろう。なら教えてやろう。

俺がどうやってその高い高い壁を乗り越えているかをっ！」

体鍛えろ。

以前に会ったことのある別のエルフも、ここまで体力と根性が乏しかったりはしなかったぞ。

「地下にある工房には、鍛冶設備各種に加えて、俺専用の岩人形鎧《ゴーレムアーマー》、魔道鍛冶器《マギスミス》が存在するのだ！」

「ごーれむあーまー……まぎすみす？」

首をかしげるあたしとガウリイ。

岩人形《ゴーレム》ならばとーぜんわかる。土やら岩やらを原料として魔術で生み出す巨人のことで、単純な命令を与えればそれに従って行動する、というものなのだが——

「その通りっ！　岩人形《ゴーレム》の内外にさまざまな術式を施し、内部に俺が乗り込んで、魔力によるコントロールをすることで力強くかつ繊細な鍛冶作業が実現可能になるのだっ！」

『おおおおおおお！』

驚愕《きょうがく》の声を上げるあたしとガウリイ。

「魔力で岩人形《ゴーレム》の精密コントロールが⁉

岩人形《ゴーレム》で繊細な作業を可能にするとは！　おそるべき技術と精度！」

「なんかかっこよさそうだな！　それ！」

「もちろんかっこいいとも！」

ドヤ顔で胸を張るロニアス。

——と。待てよ。

「ねえ。岩人形《ゴーレム》に乗って剣を打つのがだいじょーぶなら、ここであなたの術で岩人形《ゴーレム》を作って、手か背中に乗って進むってのはどう？」

「——ふむ——」

ロニアスは刹那考えて、

「なるほど。試してみる価値はあるな」

言うと多少よろよろしながら立ち上がり、呪文の詠唱をはじめる。

——基本はあたしたち人間の魔道士も使う混沌の言語《カオス・ワーズ》。しかしエルフ独特のアレンジなのか、聞き取れない部分やら、文法の異なる部分もある。

やがて彼は右足で、たんっ！　と地面を踏み鳴らし、

「石零呪《ヴ・レイワー》」

完成したのは、人間《あたしたち》が使うものとは似て非なる術。

……ご……ごご……

地鳴りとともに彼の傍《かたわ》らの地面がみるみる盛り上がり、巨大な姿を形作る！

上背はあたしの倍近く。その姿はまさに重量級の甲冑《かっちゅう》騎士。オーガ用の全身鎧と言わ

れても納得のいでたち。

「おおおお！　かぁぁぁっこいいな！」

ガウリイが子供のような声を上げた。

人間の魔道士が岩人形《ゴーレム》を作り出したなら、おおざっぱなヒトガタになるだろうし、生成する段階で、あたりの雑草やらコケやらをまき込んでしまう。

しかし今、ロニアスが作り上げたのは、草一本すら巻き込んでおらず、土砂でできているはずなのに金属のようなツヤを帯びた表面。ムダに細部までこだわったフォルム。

一体どう術を組み立ててどんな精度で魔力をコントロールすればこんな仕上がりになるのか。

そして――

「岩人形《ゴーレム》！　俺を運べ！」

そんな精度で作り出された、芸術とすら呼べる岩人形《ゴーレム》の役割が、ひ弱エルフの運搬だとゆーもの悲しさ！

岩人形《ゴーレム》はやや前かがみになると、大きめに作られた両のてのひらを組み合わせ、そこにロニアスが腰掛ける。

「行けぃっ！」

調子づいたかけ声とともに、どっしんどっしん歩き出す岩人形《ゴーレム》。

いっしょに進むあたしとガウリイ。

岩人形《ゴーレム》の足は速くはないが、リーチがあるせいか、こちらが歩くペースと意外にも合っている。

「よし！　これなら俺も行けそうだ！　いやむしろこのペースなら、午後には目的地に着くかもしれんぞ！」

と、ロニアス。

──って、ふつーに行ったら近っ！

……そーか……十日ってのは、貧弱な彼の体力に合わせて、くっそ短い距離でいちいち一泊する前提での計算だったわけか……

まあ、話が早くなるぶんにはいいのだが。

あたりに木々の生えた山道。岩人形《ゴーレム》の巨体は進むのに苦労するかとも思ったのだが、どうやらそれはいらぬ心配。

びっくりするほどなめらかな動きで、何の問題もなく進んで行く。

……この岩人形《ゴーレム》の作り方、あとで教えてくんないかなぁ……人間の魔力とコントロール技術で作れるかはわかんないけど……

「──そうだ、念のため今のうちに言っておくが」

岩人形《ゴーレム》に揺られながら──いや、案外乗り心地がいいのか、ほとんど揺れぬままロニアスはあたしに目をやると、

「魔銀鉱《マグスタイト》は魔力の影響で変質しやすいという性質がある。

リナ、だったか。あんたは魔道士なんだろうが、現地で術を使うのは控えてくれ」

「術を控える……って……

具体的には、あんまし強いのじゃなければだいじょーぶ？

地面に干渉するタイプはマズそうだけど、地面に当てなければ氷系とか風系とかは？」

「いや全部だ」

「全部っ!?」

「ああ。魔力干渉を受けて変質すると、剣として加工する時の精度にブレが出る。

俺が工房に魔銀鉱《マグスタイト》をストックしていないのも、他の何かを加工する時の魔力の影響で変質させるおそれがあるからだ」

「……つまりは最終的な出来に差が出ちゃう、と？」

「そう思ってくれてかまわん」

そーいうことならしかたない。

「──聞いた？　ガウリイ」

「いや聞いてない」

「さわやかに即答すんな。

鉱石に悪影響が出るから、現地であたしは呪文を使えない、って話よ」

いちおーあたしも剣はそこそこ使えるのだが、大型の野生動物を一刀両断するよーな破壊力は持ち合せていない。

「とゆーわけで、何かあった時はガウリイ、よろしく」

「おうっ！　まかせとけっ！」

あれやこれやと語りつつ、一行がしばし進むうち、景色に変化が見えはじめる。

上りが続いていた山道は、いつしか下り坂となり、木々もまばらになってゆく。地面も土と草よりも、石やら岩やらが目立ちはじめる。

山と山にはさまれた谷間だか、涸《か》れた川あとのような所に来たらしい。

「──止まれ」

命令に岩人形《ゴーレム》は足を止め、組んだ両手の上からロニアスが飛び降りる。

ぐるりとあたりを見回すと、あたしとガウリイを見やり、

「このあたりで探すことにするか。悪いが、見つけた鉱石《いし》を運ぶのに力を貸してもらえる

「か？」

「いーわよ」

と、あたしは二つ返事。

力しごとは得手ではないが、体力も根性も無いロニアスに任せたりすれば、何日かかるかわからない。

「あ。念のため聞くけど」

ふと思い立ち、あたしは問う。

「その——魔銀鉱《マグスタイト》？　は魔力の干渉を受けやすいって話だけど、あんたの作った岩人形《ゴーレム》やあたしの呪符《タリスマン》は近づいてもへーきなの？」

「かまわんさ。

一度完成した岩人形《ゴーレム》の魔力は内部循環して外には影響しないし、そちらの呪符《タリスマン》は、起動されると困るが、ただ着けているだけなら問題無い」

言いつつロニアスはあたりの地面を眺めやる。

魔銀鉱《マグスタイト》とやらは、人間には普通の石にしか見えないらしいが……そうなるとあたしとガウリイは、あとからぼーっとついて行く、以外に何もできない。

やがて。

「おお！」

突如ロニアスは興奮した声を上げ、一つの石を拾い上げると高々とかかげ、

「見ろ！　これを！」

言われて彼の手元を見れば、そこには——

「急に大声出さないの。で……何その茶色っぽい石？」

「おお。茶色っぽい石だなぁ」

あたしとガウリイの冷めた反応に、彼は小さく肩を落とし、

「そうか……本当に人間には見えないんだなこれ……

だがこれこそがっ！　探し求めた魔銀鉱《マグスタイト》なのだッ！　しかもかなり上質なっ！」

「だから大声出さないの。

それって、そっちにはどんなふーに見えてんの？」

「見えない者に言葉で伝えるのはむずかしいが……あえて表現するなら茶色っぽい石」

「いっしょ!?」

「——の表面に世界の薄皮一枚を隔てて存在する七色の燦《きら》めき！　純粋な光の万華鏡《カレイドスコープ》！

それはまさに全ての宝玉の頂点に君臨する美しさ！」

「わかったから騒がない！　まあきっときれいなんでしょーね。見えないしぜんぜんわか

んないけど」

「すごそうだっていうのはわかるぜ。見えないしよく意味もわかんねーけど」

言う二人をロニアスはジト目でふり向いて、

「……お前ら適当言ってるだろ……お？　おおおおおおッ!?」

突然両目をかっ開き、またまた何やら声を上げる。

あたしたちも同じ方へと目をやれば——特に何があるわけでもなく。

「え？　何？」

「あの岩だッ！」

叫び指さすその先に……特に何があるわけでもなく……いや！

少し離れたその先に、灌木《かんぼく》に半ば隠されて、無造作に横たわっているのは、大人ほどの大きさをした、ちょっと茶色っぽい岩。

——そう。ロニアスが今手にしている石と同じ色の。

つまり。

もし彼が手にしている石が、そこから欠け落ちたものだったとしたら、あの岩そのものが——

「あれが——」

「魔銀鉱《マグスタイト》の塊だッ！　あれほど巨大なものはいまだかつて見たこともないっ！　奇跡の産物、天よりの賜り物と言ってもいい！」

　興奮したロニアスの声に――

「つまり、おたから、ってわけか？　あんな岩が？」

　新たな声があたりに響く。――ちぃっ。

「あんな岩とは失礼な！　あれだけのもの、至宝と呼んでも――って誰⁉」

　叫んでロニアスが目をやれば、離れた木陰から姿を現す、数人の男たち。

　おんぼろ鎧《よろい》に手入れが行き届いていない剣や弓。

　ここいらをねぐらにしている野盗たち、といったところか。

　――実を言うと。

　あたしと、そしておそらくガウリイも、近くに潜むこいつらの気配をちょっと前から察知していた。

　姿を見せた数人のほか、少し離れた所にさらに数人が潜んでいる。

　いつものあたしなら、気配と居場所を察した時点で攻撃呪文で吹っ飛ばすのだが、今はなにしろ呪文使用禁止である。

　相手はロニアスの岩人形《ゴーレム》を警戒してか、こちらの様子をうかがっていたので、そのままおとなしく立ち去ってくれればいいと思っていたのだが……

ロニアスが魔銀鉱《マグスタイト》を見つけて騒いだのを見て、かなりのおたからだと思い込み、横取りを決心したのだろう。

「誰って、大体わかンだろ？」

こいつが頭領なのだろうか。野盗の一人、剣を手にしたボサ髪が言う。

「この山はオレらの縄張り《シマ》。この山のおたからはぜんぶオレらのものってわけだ。わかったらついでに金も荷物も置いてけや」

「あー」

あたしは頰を掻《か》きながら、

「ガウリイ、それじゃああっちお願い。あたしはロニアスの方見てるから」

「おう！」

言ってむぞうさに歩き出すガウリイ。

「ハッ！　一人でオレらと戦《や》ろうってかァ!?　いい度胸だ！　おい！」

言われて弓持ちが矢をつがえ、ガウリイに狙いをつけようとした、その瞬間。

一気にガウリイが加速する！

悠然たる歩みから一転、身を低くしての猛ダッシュ！　焦《あせ》った弓使いが矢を放つ。

しかしあわてて放たれた矢は、あたしから見てもへろへろのシロモノ。

ガウリイは抜剣ざまにいともたやすく矢をはたき落として相手に迫る！

そこまで見届けると、あたしはそばのロニアスに、

「今のうちに安全な所に！」

ガウリイの方は任せても心配ない。しかし隠れている他の連中に、ロニアスを狙われたら少しめんどうなことになる。

呼びかけにロニアスは髪をかき上げ、

「わかった！　だがもう脚がガックガクで動けん！」

「なんでっ⁉」

「今日は結構歩いたし！　襲われた怖さもプラスして！」

言う彼の両足はたしかに、あたしにも見切れぬ速さで虚空《こくう》に残像すら刻みつつ、がくがくふるえまくっている。

……こいつはぁぁぁぁあっ！

とはいえどーする⁉　さすがにあたしの力では、抱えて逃げるのも無理だろう。

なら――

「とにかく岩人形《ゴーレム》のところまで行く！　乗って移動！　オッケー⁉」

「……けど……脚が……」

「一、前転！　二、がんばって走る！　どっち⁉」

「くっ……！　二で……」

「よしGO！」

石だらけの場所をひたすら前転するのはさすがにイヤだったのか、ロニアスはがくへろがくへろ足を動かす。

おせじにも速いとは言えないが、それでも彼の今の全力。なんとか岩人形《ゴーレム》の所までたどり着けばいいのだが——

あたりの気配を探るかぎり、ガウリイが戦っているのとは別の数人が、こちらと岩人形《ゴーレム》の分断を狙ってか、木々の間をまわり込んで来ている。本来なら追いつかれるはずのない距離だったが、今のロニアスの脚力は二歳児くらいとほぼ互角。距離はぐんぐん詰まってゆく。

相手が数人なら、あたしの剣だけでもしばらくは防げるだろうが、それまでにロニアスが岩人形《ゴーレム》にたどり着き、乗ることができるかどうか——

だが。

ほどなく、少し離れた右の木陰から、槍《やり》を手にした一人の野盗が現れるなり、

「炎の槍《フレア・ランス》！」

こちらに向かって攻撃呪文をぶっ放す！

なにぃぃぃぃぃぃっ⁉　いや野盗が攻撃呪文使っちゃダメって世界の法則があるわけじゃあないけれどっ！

このままだと直撃コース！　あたしはロニアスを突き倒して身を伏せる！　間一髪、頭上を灼《や》き去る炎の一撃！

そして。

「うわああああああああっ⁉」

響いたのはロニアスの絶叫！　まさかどこかに当たったか⁉

だが彼は、あらぬ方に目をやったまま絶叫していた。

――あらぬ方――？

いや、今の一撃が飛び去った先。

そこでは、茶色っぽい岩のすぐそばに生えた灌木が、直撃を受けたか枝葉に火をまとっていた。

……って……あの岩……⁉

「ひょっとして――⁉」

「台無しだぁぁぁぁぁっ！」

ロニアスの声に、あたしは悟った。

野盗が放った一発の炎の槍《フレア・ランス》が、あろうことか呪文干渉ご法度《はっと》の魔銀鉱《マグスタイト》の岩を直撃しやがったのだと！

魔銀鉱《マグスタイト》としての性質が無事かどうかは――ロニアスの絶叫でよくわかる。

「……ダメになっちゃったってこと……？」

尋ねたあたしの声はかすれていて。

「……うう……」

呻《うめ》いて小さくうなずくロニアス。

……お……

おにょれ野盗許すまじっ！　このことがなくても許す気無いけれどっ！

「ってことはっ！　もぉあたしがちょっとくらいアレな攻撃呪文をぶっ放してもかまわないわねっ！」

開き直ったあたしの提案に、ロニアスは無言でサムズ・アップ。

そして。

あたしの攻撃呪文たった数発で、野盗たちはもろくも壊滅したのだった――

コゲた森。コゲた野盗に灼けた岩。

野盗を倒したのはいいが、ロニアスは力なくしゃがみ込んでいた。

ガウリイは一方の野盗たちをカルくへち倒したあと、こちらに向かいながら、

「――なあ、途中からリナが呪文使ってたけど、どういうことだ？」

「あー……

野盗の中に攻撃呪文を使う奴《やつ》がいて、そいつがぶっ放した一発が当たったせいで、例の岩、なんか、素材としては台無しになっちゃったみたいで……

じゃあもういいや、ってことであたしも呪文使った、ってわけ」

「あの岩だよな？　ちょっと茶色っぽい」

言いつつガウリイは、そちらの方へと歩み寄る。

岩の前で足を止めると、確かめるようにあたしを見やる。

「そうそれ」

応えると、ガウリイはうなずいて――

つぎぃんっ！

やおら抜剣すると目の前の岩に一撃を加える！

何をしたいのか知らないが、彼が今手にしているのは、多少がんじょうだけれどふつーの剣。ガウリイのウデが加わったとしても、さすがにこのサイズの岩が斬れるはずもないと思うのだが――

きっ！　ぎぃん！　ぎっ！　ぎいん！

四度、五度六度刃《やいば》をふるい、その数が十ほどになった時。

ばガンッ！

岩が真っ二つに断ち切れる！

「おおおおおっ⁉」

これにはさすがにロニアスも叫び、

「斬れた⁉」

あたしも思わず声を上げる。

「斬ったんじゃないさ」

対するガウリイは、剣を鞘《さや》におさめながら淡々と、

「岩の目に沿って傷をつけて割っただけさ」

だけ、って……岩の目を読んだ上で正確な一撃を加え続けるのってじゅーぶんスゴいと

思うのだが——

「これはぁぁぁぁっ⁉」

ロニアスはなんだか叫びつつ、よろふらした足取りで、岩の方に向かって歩き出す。

この反応は——？

「どんなかんじだ？」

問うガウリイに、ロニアスは涙すら浮かべつつ、

「無事だぁぁぁっ！」

叫ぶ。

「悪影響は外側だけで済んでる！　割れた中には間違いなくあの燦《きら》めきがあるっ！　最上の魔銀鉱《マグスタイト》だ！

燦《きら》めきが……！」

——けどあんた、なんでこの岩を割ろうと思った⁉」

「なんで……って、ほら、でっかい肉の塊を焼く時も、表面はよく焼けてても中は生、ってことあるだろ？　それと一緒で、ひょっとしたら中は大丈夫かもと思ってな。じゃあ割って確かめるしかないだろ？」

焼き肉扱い⁉

そんな理由で……いやしかし、これに関してはガウリイグッジョブ！

ロニアスも、足取りはふらふらしつつもいきおいづいて、

「これだけのものがあれば十分だ！　あとは工房に持ち帰り、剣として鍛造加工するのみっ！」

「おー！　期待してるわよっ！」

「それで、いつくらいにできそうだ？」

「ああ！　精度と切れ味にこだわったとしても、たぶん三十年はかからんだろう！」

『…………………………』

『……は？』

思わずハモるあたしとガウリイ。

「……え？　三十……日？」

言い間違いだという希望にすがりつつ問うガウリイに、ロニアスはそれを冗談だと受け取ったのか、

「ははは。そんな日数で仕上がるなら、世の中は聖剣魔剣であふれているさ。まあ心配しなくても、三十年は、長くても、の話だ。逆に早ければたぶん二十二、三年でできあがる」

「……え。でも。あとは加工するだけ、なんでしょ？」

「もちろんだ。

魔銀鉱《マグスタイト》と別の鉱石で鍛造して、なじむように数年寝かせてから、同じようにまた別の鉱石と鍛造して寝かせて……をくり返すだけ。

最後に研いで仕上げて完成だ」

……数年規模の作業をくり返す『だけ』って言ったよこの人……

これだからエルフの時間感覚は……

「……え……ええっと……

多少性能が落ちてもいーから、それこそ三十日くらいで仕上げることって、できる？」

あたしの交渉に、彼は笑顔で、

「まぁたまた冗談を。欲しいのは純魔族を斬れる剣であって、低級ゴーストを痛めつける剣ではないのだろう？」

そう言われては、もちろん返すことばもなく。

あたしとガウリイは無言で顔を見交わすのだった——

——というわけで。

素材集めは果たしたものの、結局すぐには剣を手に入れることができぬまま、あたしとガウリイは、また別の剣を探して旅立ったのだった。

この先何かの剣が手に入ることがあるのかないのか、今のあたしにはわからないが――

もし三十年後に今回のことをおぼえていたら、できているはずの剣を取りに行ってみようと思いまス。

（魔力剣のつくりかた：おしまい）

ドラゴンマガジン2020年3月号　ファンタジアヒロインカレンダーブックより

「あ・はっぴー・にゅーいやー！」

『おー』

ぱちぱちぱち。

新年のあいさつとともにポーズをとれば、声と拍手が出迎えた。

「思った通り似合ってますっ！」

満足そうに深々うなずき、言ったのは、あたしの旅の連れの一人、アメリアだった。

——新年。

一年を無事過ごし、新しい年を迎えることができたのを祝う。そんな習慣はどこにでもある。その余興として、アメリアが用意したのが、あたしが今着ている服だった。

「おー。似合ってるじゃないかリナ」

「同感だ。にしても面白いデザインだな」

他の連れ二人——ガウリイとゼルにもなかなか好評だったりする。

たいていの人は自宅で過ごしているのだろう。宿の一階にある食堂はあたしたちの貸し切り状態。

だからこそ、こんなふうに、風変わりな服のお披露目会もできたりするのだが。

くるりとその場で回ってみれば、長い袖がふわりとたなびく。

「いやー。最初に見た時は、なんでそんなに袖がだるんだるんなのかと思ったけど」

と。ガウリイ。いやあんた。だるんだるんて。もーちょっと他に表現が。

「ああ。実際に着て動く様子を見ると、風になびくマフラーを想《おも》わせて、なかなかに悪くない」

こちらはゼルの意見。

「あたしも最初はジャマかと思ったけど、華やかで悪くないわねー。足まわりはタイトなんで、走り回ったりはできないけど」

感想を述べてから、あたしはアメリアに視線を向けて、

「──城の書庫にあった古い文献に載ってた服を再現した、とか言ってたけど、具体的にはどーいうものなの？　この服？」

「よくわかりませんっ！」

「おい。」

「文献自体が古すぎて、いつ、どこのものを記したのかはわからないんです。文官の中には、魔族の結界の外の服なんじゃないか、なんて冗談半分に言う者もいましたけど。確実なのは、女性用で、おめでたい時に着るものらしい、ということですっ！」

「なるほどー。おめでたい時に――」

あたしはくるくる動いてみて、ふと、あることに気がついた。

「……けどそれなら、なんでアメリアはふつーの服なの？」

そう。あたしにこれを着せておきながら、なぜか彼女はいつもの姿。

めでたい時に着る女性服だというのなら、彼女が着るか、二着作って二人で着るのが普通だろう。

「……あ。ええっと……」

質問に、アメリアは珍しく、歯切れ悪く言いよどみ――

「――それは――」

一切何の前触れも脈絡も無く。

今の今までいなかった五人目が、声とともに出現した。

やって来た、わけではなく、文字通り何も無いところから出現したのだ。

「おー。ゼロス。新年おめでとう」

「おめでとうございますガウリイさん。……もっとも、僕のような魔族にとっては、新年がめでたい、という感覚はよくわからないんですけれどね」

――魔族――

生きとし生けるものたちの天敵。人の負の感情を食《く》らうもの。

そんな魔族のゼロスだが、いろいろ腐れ縁あって、仲間、とまでは言えないまでも、同盟・中立にも似た奇妙な関係になっていた。

「で？　ゼロス、何か言いかけてたけど」

あたしの問いに、ゼロスは変わらぬにこにこ笑顔で、

「ええ。アメリアさんが自分でその服を着ない理由ですけれど」

と、あたしを指さして、

「その服、女性の胸が大きいと似合わないらしいです」

言うなり、ふっ、と姿がかき消える。

空間を渡って去ったのだ。

「――ちょっ⁉」「言うだけ言って逃げたっ⁉」「あの野郎！」

ガウリイが、アメリアがゼルが声を上げ、一瞬その身をこわばらせてから――

ゆっくりと――

ゆっくりと、あたしの方をふりかえり――

遠い爆発を眺めつつ。

「いやー。新年の浮かれ気分から一転した修羅場の負の感情というものも、なかなかオツな味ですねぇ」

離れた安全な屋根の上に腰かけて、ゼロスは負の感情をたっぷりと味わっていた。

『王子と王女とドラゴンと』

「これはゆゆしき事態ですっ！」

かたく拳をにぎりしめ、上げたその声は図書室の静かな空気をふるわせた。

「……あっ……あのっ……アメリア様……！」

同行の女性——長めの金髪《ブロンド》をポニーテールにまとめ、司書の身分を示す青いジャケットを纏《まと》ったカトリーヌは、あたふたしながらもおさえた声で、

「今は他にどなたもいらっしゃらないとはいえ、図書室では原則お静かに……！」

「そうでしたっ！　すみませんっ！」

と、元気な大声での返事。

——聖王国セイルーンの首都、セイルーン・シティ。

街自体が巨大な六紡星を構成し、王宮の区画はその中心部。

いくつもの建物と塔と城壁とがつながり並ぶ一角に、この施設——セイルーン王宮内、王宮図書室は存在していた。

書架と書物が壁となって立ち並び、書物保護のため、日の光がさし込まないよう窓は一つたりとて無い。

閲覧の際には許可を得てから、図書室付きの司書が同行のもとカギを開け、室内に魔力の明かりを灯《とも》して回ることになっている。

室内は書物の虫食い防止のために、防虫効果の高い薬草があちらこちらに配置してあり、不快ではないものの、特徴のあるにおいがうっすら漂っている。

蔵書は政治・経済・歴史関連から神話や魔道書、果ては市井《しせい》で出版されたおとぎ話に近いものまで。場所がら一般人の利用は無理だが、王室関係者や訪れた貴族関係者なら利用可能。

持ち出し禁止の書もあるが、貸し出しが許可されているものも多い。

この日——

セイルーン王家直系、アメリア＝ウィル＝テスラ＝セイルーンはその図書室を訪れていた。

目的は——ふと、ある本がまた読みたくなったからだった。

『王子と王女とドラゴンと』

タイトル通りの冒険譚《たん》で、悪い貴族の謀反《むほん》で国を追われた王子と王女が、善《よ》いドラゴンの協力を得て、悪を討ち王国を取り戻す、というものである。

ほとんどただのおとぎ話だが、この話、昔とある王国で本当に起きたことだ、という噂《うわさ》もささやかれており、歴史関連書籍と言えなくもないかも、というユルい理由でここに収められていた。

似たような理由で収蔵されている本は結構多く、アメリアは子供の頃からそれらを英雄冒険譚として愛読していた。

その影響もあってのことか、アメリアはしばらく前、とある魔道士たちと一緒に旅をして、なかなかの大事件に巻き込まれることになったのだが——

事件が終わりひと落ち着き。故郷たるこの王都へと戻ってきて——

自分が実際の旅と冒険を経験したあと、ふと、子供の頃に夢中になった物語を読み返してみたくなったのだ。

ところが。

その日の当番司書に案内されて赴いた先、待っていたのは、目的の本ではなく、棚に空いた一冊分のすき間。

あわてて司書が書類を調べてみれば、数ヶ月前に貸し出され、いまだ返却されていない、との記録。

それを知ったアメリアの反応が、最初のことばだった。

静かに、との注意を受けたアメリアは、きびすを返し、図書室のドアを大きく開くと、一歩外に出たその場所で、

「借りた本を返さない、すなわち悪っ！」

朗々と声をはり上げた。

「……あ。そこなら図書室の外だから大声セーフって判定なんですね……」

司書のカトリーヌは小声でつぶやく。

「返却の請求とそれに対する回答はどうなっていますか⁉」

問われたカトリーヌは手元の書類を繰りながら、

「あっはい。その……該当する本に限らずですが、未返却の図書に関しては時々催促は行われているものの……返却されるとは限らないのが現状かと……」

「返却されるとは限らない、ですか？」

ごにょごにょと答えるカトリーヌに、アメリアは眉をひそめる。

「その……該当する本を貸し出ししている方がグラマトン家のご当主、ヴェルガル様なのですが……司書の立場としてはあまり強く申し上げるわけにもいかず……」

「――そういうことですか」

言われてアメリアも納得する。

王宮図書室の司書というのは当然ながら、身元の確かな人間が選ばれる。

つまりは王族貴族に連なる者。見習い文官や下級貴族の第二子第三子が宛てられることが多い。

一方でグラマトン家といえば王都近くに領地を持つ侯爵位の大貴族。

身分の差を考えれば、司書が強く出られる相手ではない。

「ならわかりましたっ！」

腕を組み、アメリアは朗々と宣言した。

「一緒に本の返却請求に行きましょうっ！」


ペン先が羊皮紙の上を走る音。

少しだけ開いた窓から入る風には、街の喧騒《けんそう》が混じっているが、三階にあるこの執務室に届く頃には、雑音とも呼べぬ小さなものになっていた。

大きな執務机につき、さきほどから黙々と書類仕事をしているのは一人の男。

五十には届いていないだろうか。華美ではないが上質な動きやすい服。いかめしい顔立ちに、あごひげがよく似合っている。

メティス・シティ。

王都セイルーン・シティから馬車で半日ほど行った、草原と岩場が混じるひらけた地にある中規模の都市。

街のまわりはぐるりと塀で囲われてはいるが、保安・戦闘用というよりは、害獣の侵入防止という程度のもの。高さはせいぜい人の背ほどで、場所によっては石ではなく木の部分もある。

街の中心には砦《とりで》としても使えそうな、堅牢《けんろう》な石造りの館がそびえ立ち――

その三階、執務室にてペンを動かしている彼こそが、街の統治者、ヴェルガル＝グラマトン侯その人だった。

だが。

静けさはいつか破られるのが世の常。

ばんッ！

「――父上！」

執務室の扉が派手な音を立てて開くと、ほとんど同時に響いた声に、ヴェルガルはペンを操る手を止めた。

「――マーキス。言ったはずだぞ。ノックも無しに入って来るなと」

説教とともに吐《つ》いたため息は、成人してなおいまだ落ち着きの無い息子へのあきれとあきらめが混じっていた。

「う……！　すまない父上」

父譲りの栗色《くりいろ》の髪をした青年――マーキスは、一瞬ひるんだ表情を浮かべたものの、

「そ……それよりっ！

今！　街の門の衛兵から報告があった！

王都から来たと名乗る二名が父上に面会を求めていると！」

「何者だ？」

「一名は王宮図書室の司書で、本の返却請求に来たと言っているとか……！」

「本⁉」

ヴェルガルはぴくりと顔を上げる。

「ああ！　本だ！

けど問題なのはそっちじゃなく同行者の方だ！　そちらが……その……

アメリア＝ウィル＝テスラ＝セイルーンを名乗ってるらしい！」

「――は⁉」

これにはさすがにヴェルガルも顔色を変えて腰を浮かす。

アメリアの名を、もちろん知らないはずもない。

セイルーンの現第一王位継承者、フィリオネル殿下の次女。親しく話したことはないが、
当然ながら様々な行事で顔を合わせて挨拶をしたことくらいはある。

だが、そのアメリアが司書と一緒に本の取り立てに来た、というのは意味がわからない。

「どういうことだ!?」

「私にもわかりませんよ！　一応念のためお聞きしますが、父上は、図書室の本というのに心当たりは――？」

質問に、ヴェルガルは視線をさまよわせ、

「……む……たしかにしばらく前、王宮の図書室から本を借りたな。言われてみれば返し忘れていたが……

図書室収蔵品とはいえ、吟遊詩人どもが謳《うた》うような昔話を書物にしただけの代物だぞ!?　王族が取り戻しに来るようなものではないはずだが……」

――アメリアの性格を知る者ならば、彼女ならやりかねない、と思ったかもしれないが、残念ながらヴェルガルはそうではない。

彼は席を立ち、落ち着きなくあたりを歩き回り――

「そもそもそれは本当に、アメリア様御本人なのか!?」

聞かれたマーキスは困惑気味に、

「衛兵は、本物のアメリア様を見たことがないためお顔での判別はできませんが……王家の紋を提示された、と言っていました。

お忍びの視察、ということは……？」

「いや――！」

ヴェルガルは歩き回る足を早めつつ、

「立場を考えてみろ。我々は――クリストファ様派閥の人間だったのだぞ」

「……あ……」

指摘にマーキスは声を漏らした。

――王族の跡目争い――。

よくある話ではあるが、このセイルーンでもしばらく前、そんな騒ぎが起きていた。

アメリアの父でもある第一王位継承者のフィリオネルに対して、その弟クリストファが反目。

貴族たちの中にも、良く言えば革新的、悪く言えば破天荒なフィリオネルではなく、クリストファを推す者たちも少なくなかった。

そして――グラマトン家は、そのクリストファの派閥だったのだ。

お家騒動そのものは結局いろいろごたごたあった後、クリストファは王位継承権を剝奪され、現在は蟄居《ちっきょ》の身となっている。

さて。

お家騒動が決着したなら、勝者たるフィリオネルはクリストファ派だった貴族たちを一体どう思っているだろう？

……これまた、フィリオネルの性格をよく知る人間なら、正解に近い答えが出せただろうが、ものの見方に貴族の権力争いというフィルタがかかっているヴェルガルからは、自分たちにとってはあまり面白くない答えしか見えない。

「お家騒動が一応決着したから、クリストファ殿下派だった我々には一切おとがめなし？　その我々の街に、フィリオネル殿下のご息女が、司書といっしょにたった二人でお忍び視察？　全く何の他意もなく？　そんな話があると思うか？」

「……ありえませんね……普通は……」

そう。普通は。

「可能性は二つ。

一つ。我々に難癖をつけて何かの罰を与えるためにやって来た」

「――ありえそうな話ですが……」

もう一つは？」

「刺客だ！」

ずばりと答える。

不正解だが。

「刺客⁉」

驚くマーキスにヴェルガルはうなずき、

「考えてみよ！

我々が、やって来た人間を監禁や謀殺する可能性は向こうも当然考える。なら事前の連絡も護衛の兵もなく、王族が司書一人だけを伴い本の返却を求めて来るなど、あり得るはずもなかろう！」

と、真実をまず真っ先に否定して、

「むろん、王族の詐称は重罪。もし王家の紋まで偽造してのこととなれば極刑もやむなし。ではその上でなお身分を偽る理由は何か！　答えは一つしかあるまい！

刺客だ！」

世に権力欲がある限り、王族や貴族などというものは、いつどこから刺客を送りつけられても不思議ではない。

日頃の行いや心当たりは関係なく、どこかの誰かが何かの理由で『こいつは邪魔だ』と考えれば、それは起こりうる。

「私が本を返し忘れたことを知り、そこにつけ込む計画だろう。

刺客が王族を名乗れば、こちらは門前払いもできなくなる、との計算だ。

王族詐称は重罪だが、刺客であればもとより捕まれば極刑。そこに詐称の罪が重なることなど考慮の必要もない」

「なるほど――！

相手が偽物《にせもの》で狙いが父上ということなら、そやつらへの対処は私に任せ、父上はここから出ぬようお願いします！」

「うむ。

できれば生かして捕らえよ。黒幕が何者かを白状させる。

だが無理はするな！　刺客どもがたった二人で来たということは、腕に自信がある証《あかし》。

甘く見ることなく十分な戦力を連れて行け！」

「はい！　ではそのように！」

一礼とともに退出するマーキス。

廊下を遠ざかる足音を聞きつつ、ヴェルガルは小さく息をついたのだった――

「……あの……アメリア様……なんか雰囲気おかしくありません……？」

「かもしれませんね」

声をひそめたカトリーヌに、アメリアは表情は変えぬまま、やはり小さな声で返す。

メティス・シティの入り口は外門と内門の二重構造になっており、外門をくぐった中は石の塀に囲われた検問所。

中には小屋が二つあり、なにごともなければ進んだ先の内門から街へと入ることになる。

今、アメリアたちがいるのはその小屋のうち一方。

兵たちの簡易休憩所といったところだろうか。小屋の軒先が大きくはり出しており、左右には壁。軒の下には石の床と木のイスが殺風景に並んでいる。

――アメリアたちが衛兵に訪問の用件と身分を告げると、取り次ぎの間、そこで待つように言われたのだが――

座って待っているうちに、なにやらあたりの様子がおかしくなってきた。

たまたまなのかもしれないが――この検問所を通過して行く一般人が全くいなくなっている。

くわえて、衛兵たちの表情やしぐさ、立ち位置などなどが、まるでこちらを警戒するかのようなのはさすがに腑《ふ》に落ちない。

「えっと……今思ったんですけど――」

カトリーヌはやはり小声で、

「考えてみたら……グラマトン侯って、その、なんと申しましょうか……たしかクリストファ殿下派の方でしたよね……」

「……そうでしたね……」

アメリアの表情は動かない。が、声にはわずかに苦い色がにじんでいた。

父親のフィリオネルと対立していた派閥の貴族とはいえ、グラマトン侯とは表立った争いに発展していたわけではない。

とはいえ——グラマトン侯が実際にどんな野望を抱いてどこまでのことを考えていたのかは不明である。

「……しばらく前に読んだ本にも、一度廃嫡された王族を力のある貴族がかつぎ出す、という話があったんですが……

もしもそれと同じようにグラマトン侯が……その……良からぬお考えをなさっていたとしたら……」

カトリーヌのそんな不安を、今の空気と状況で、考えすぎだと一笑に付すことはアメリアにはできなかった。

そんな時。

ご……ごごご……

重い音を立てて街がわの内門が開くと、そこから十人ほどの一団が検問所へとなだれ込んで来る！

反射的に席を立つアメリアとカトリーヌ。

やって来た一団は、二人のいる小屋の正面を半円形に取り囲む。

衛兵たちが内門と外門それぞれに、かんぬきをかけるのが見て取れた。

目的は、アメリアたちの退路を断つことだろう。

「ようこそメティス・シティに！　アメリア様！」

声を上げたのは、二人のまっ正面に立ちはだかった鎧《よろい》の男。

二十歳《はたち》を少し過ぎた頃か。鎧にはいささか華美な装飾の中、グラマトン家の紋があしらわれている。

彼のまわりを固めているのは、短槍《たんそう》と盾で武装した兵士たち。

「私はグラマトン家嫡男、マーキス＝グラマトン！」

名乗る男のその顔に、アメリアはなんとなく見覚えがあった。

前に何かの行事の時に紹介されたことがあった気がする――といった程度のもので、社交辞令のあいさつ以上の会話を交わしたおぼえはないのだが。

「突然の訪問失礼いたします！　アメリア＝ウィル＝テスラ＝セイルーンです！」

ひりついた空気を感じつつも、アメリアの方もまた名乗る。

「――なるほど――」

しかし対するマーキスは、そんなアメリアに侮蔑のまなざしを向けながら、

「アメリア様のお姿は前に一、二度お見かけしたことがありますが……

これはまたなかなか……

よく似た刺客を探し出してきたものだな！」

「よく似た――刺客？　ですか？」

「とぼけても無駄だ！」

マーキスは、アメリアをまっすぐ指さして、

「貴様が父ヴェルガルの命を狙う刺客だということは先刻承知！　おとなしく縛につき己が罪を洗いざらい話すなら慈悲もあろうが、抗《あらが》うならば容赦はせん！」

「あわわわわわアメリア様アメリア様なんか言ってますよあのひとっ！」

カトリーヌはうろたえ視線をさまよわせ、

「笑止っ！」

だがアメリアの方もまた、びしぃっ！　と相手を指さして、

「権力を求めることにいまだ執着し、謀《はかりごと》を企て続けるその愚行っ！　こちらの訪問に慌て、刺客などという決めつけで拘束を図っているのはお見通しですっ！

野望を捨てて改心するなら寛大な処置もありますが、そうでなければ悪は成敗あるのみですっ！」

「――わけのわからぬことを――！」

「それはこちらのセリフですっ！」

二人は刹那にらみ合い――

「捕縛っ！」

おおおおおおっ！

マーキスの命令に兵たちが声を上げ――

同時にアメリアは手近なイスをマーキスに向かって蹴り飛ばす！

イスはマーキスが思っていた以上のスピードで彼に向かって進み、

「うおっ⁉」

マーキスが数歩後ろにたたらを踏む。

とっさに鎧の籠手《こて》で防ぎ、痛手はほぼなかったものの、予想以上の速さと威力に思わず声が出たのだ。

その声に兵たちが動揺し、足を止める。

「こちらは無事だ！　捕らえろ！」

マーキスの言葉に兵たちはアメリアたちの方を向くと突っ込んで来る！

突撃で隊列に乱れができたその瞬間。

アメリアは唱えた呪文を解き放つ！

「爆炎舞《バースト・ロンド》っ！」


ぼばばばばっ！


『ぐぁうぁぁあッ⁉』

起きたのは、無数の派手な小爆発！

殺到していた兵たちは驚きうろたえ悲鳴を上げる！

アメリアが今放ったのは、いくつもの小さな爆発を撒《ま》き散らす術だった。威力はたいしたことはなく、全身鎧でも着ていればさしたる痛手もないだろうが、見た目も音も派手な上、当たり前だが熱いは熱い。兵士たちをひるませ、目をくらませるには十分。

彼らがうろたえ、足を止めた刹那を見計らい、

「こっちへ！」

アメリアはカトリーヌの手を摑《つか》むと強引に引っ張り、兵士たちの中央に向かって突っ込んでゆく！

「外には逃がすな！」

中央突破の狙いを察してマーキスが叫び、兵たちの一部が外門の防御に向かう。

そちらの突破は無理と見て取り、アメリアは、内門がわの手薄になった兵たちの方へと向かう！

兵たちの槍《やり》をかいくぐり盾を蹴り飛ばし、その死角を狙おうと接近した相手は引っ張ったカトリーヌで轢《ひ》き倒す。

内門に肉薄した時には、次の呪文の詠唱は終わっている！

「振動弾《ダム・ブラス》っ！」


ごがっ！


ピンポイントで目標を破砕する一撃は、大人の腕ほどの太さがあるかんぬきをいともたやすくうち砕く！

そのまま体当たり気味に内門に突進！　楽々――とはいえないが門を押し開き、街の中へとまろび出る。

民家や商店が立ち並び、あたりには一般市民が――

いなかった。

かわりに、内門を取り囲む形で二十人以上の兵士たち！

「──突破できたと思ったか⁉」

兵たちを引き連れたマーキスが、悠々たる足取りで検問所から歩み出る。

「検問所に入れたのは、連れてきた兵士の一部！　全員入れるとむしろ身動きが取れないからな。

残りはここに控え、近くの住人を避難させておいた！

これで終わりだ！　あきらめろ！」

宣言に、アメリアが周囲に視線を走らせた、まさにその時！

「──冷波吠《ハウル・フリーズ》！」

ぴぎぃいいいいんっ！

響き渡った声とともに、激烈な冷気があたりを蹂躙《じゅうりん》した！

街がわにいた兵たちの多くがそれに巻き込まれ、全身を包むあまりの冷気に、悲鳴を上げることすらできず動きを止める！

少し距離があり、直撃はまぬがれたアメリアたちでさえ、余波に背筋を震わせるほどだった。

「な──何が起きた⁉」

うろたえるマーキスを、まるであざ笑うかのように──

「ほーっほっほっほ！　まだまだ青いわね！　アメリア＝ウィル＝テスラ＝セイルーン！」

あたりに響く高笑い！

皆の視線が集まる先、民家の屋根のその上に、すっくと立った影一つ！

長い黒髪白い服！　肩のふくらみ《パフスリーブ》は優美な曲線！　微風《そよかぜ》になびく典雅な服襞《ドレープ》！　首には銀のネックレス！　輝く美貌漂う気品！　そう！　彼女こそ──

「グレイシアお姉様⁉」

アメリアは歓喜の声を上げていた。

しばらく前。

過酷ながらも実りある見聞の旅（当人談）に長らく出かけていた姉のグレイシアがセイルーンへと帰還していたのだった。

アメリアが姉から聞かされたのは、旅先での波瀾万丈《はらんばんじょう》なエピソード。

巨竜を倒すことなく手なずけたり、悪辣な守銭奴女魔道士と幾度も出会いつつ真人間に改心させたり。

どれも心躍り感心させられる話ばかり。アメリアはあらためて、この実の姉の偉大さを認識したのだった。

「どうしてここに⁉」

「ふっ。あなたが何やら出かけてゆくのをたまたま見かけて、こんなこともあろうかとついて来たに決まってるじゃない！　ほーっほっほっほ！」

「さすがですお姉様！」

アメリアは心の底から感激する。

たまたま見かけた、などと言ってはいるものの、グレイシアはおそらく状況を分析・理解して、こうなることすら読み切った上で、万一に備えて秘密裏に動いていたに違いないのだ！（アメリア個人の感想です。事実を保証するものではありません）

「アメリア！　この場はこのわたしに任せて、あなたは自分の為《な》すべきことを行いなさい！」

「わかりました！」

力強くうなずくと、アメリアはカトリーヌをひっ摑んだまま、街の中心部――ヴェルガルがいるはずの館を目ざして走り出す！

街がわに陣取った兵たちのうち何人かは、行く手を阻《はば》もうとするものの、激烈な冷気に凍えてまともに動けず、二人はたやすく囲みを突破する！

「──くっ⁉ 待てっ！」

事態についていけぬまま、しばし呆然《ぼうぜん》としていたマーキスは、ようやっと我に返ってアメリアを追跡しようとした──瞬間。

「氷の矢《フリーズ・アロー》！」

こきききききききぃん！

行く手を阻んで、グレイシアの放った冷気の矢が大地に突き刺さる。

「ふっ！ 甘いわねマーキス＝グラマトン！ 先に行けると思っているの⁉」

「──おのれっ……！ 刺客がもう一人いたとはっ……！」

マーキスは歯がみして、屋根の上の相手をにらみつける。

「……にしても……こちらもグレイシア様にここまでよく似た刺客を手配してのけるとは……黒幕は一体何者なのだ……」

こぼしたつぶやきは風に流され、誰の耳にも届くことはなく──

当然ながら、ツッコミを入れる者は一人としていなかった──

「あれです！」

アメリアの視線の先にそびえるのは、堅牢《けんろう》な石造りの館だった。

今のところ追ってくる兵はなく、ごたごたの気配を察して逃げたのか、行く手にも一般市民の姿は無い。

「……いやあのアメリア様……！　『あれです』じゃなくてですね……！」

ぐんぐん引っ張って行かれながら、カトリーヌはさすがに少し大きめの声を上げた。

「向かう意味あります……⁉　逃げるんじゃないんですかふつーは……⁉」

「忘れたのですかカトリーヌさん⁉　わたしたちの本来の目的は、貸し出された本を返してもらうことなのだとっ！」

「いえ忘れてませんけど……⁉　けどもう本がどうこうっていう事態じゃあなくなってますよねコレ……！　あきらめて一旦この街から逃げた方がいいんじゃあ……⁉」

しごくまっとうな意見に、しかしアメリアは迷いのないまなざしで、

「それは違いますっ！」

自信たっぷり断言する。

「グレイシアお姉様はこのわたしに、為すべきことを行いなさい、とおっしゃってくださいましたっ！

それすなわちっ！

きちんと本を回収しろという意味に他なりませんっ！」

「……そ……そうですかねぇ……？」

何やらヒジョーにひっかかるものをおぼえるカトリーヌだが、反論の具体材料があるわけでもなく。

「まちがいありませんっ！　――そろそろですっ！」

言い交わすうちにもグラマトンの館は近づいて来る。門のそばには衛兵が一人立っており――

アメリアが何かの呪文を唱えはじめるのがカトリーヌの耳へと届く。

「ア……アメリア様⁉　あまり乱暴なことは……って今更ですがこれ以上……！」

その言葉が聞こえているのかいないのか。

アメリアは摑んでいたカトリーヌの手を放し、唱えていた術を解き放つ！

「霊王結魔弾《ヴィスファランク》っ！」

にぎりしめた両の拳に魔力の光が輝き宿る！　駆ける速度をさらに上げ、衛兵に向かって全力ダッシュ！

異常に気づいた衛兵は、一瞬いぶかしげな表情を浮かべてから、相手が自分を目ざしているとようやく気づき、

「――⁉　と、止ま――」

「返却要請パァァァァアンチ！」

だが衛兵の反応はあまりにも遅すぎた。制止のことばを言い終わるより先に、わけのわからない技名を叫びつつアメリアがくり出した一撃が、兜《かぶと》の上から衛兵の頭を横殴り！

ごギャンッ！

ひとたまりもなく衛兵は、馬車数台を連ねたほどの距離を吹っ飛び、路上に倒れて動かなくなる。

「何やってるんですかアメリア様ぁぁぁぁぁぁッ⁉　やりすぎですっ！」

さすがに悲鳴を上げつつ駆け寄るカトリーヌに、

「心配いりませんっ！」

アメリアは輝く拳を構えてみせて、

「これは拳に魔力を込め、相手の精神にダメージを与える術ですっ！　これで頭部を殴ったから精神にダメージを受けて気を失っただけですっ！

たぶんちょっと寝たら完全回復ですっ！」

「……今あの人、すっごい距離吹っ飛んだんですが……？」

「峰打ちみたいなものなので大丈夫に違いありませんっ！」

「……それってなんだか『両刃剣だけど峰打ちだから大丈夫』って言ってるよーなものなのでは……？」

「ともあれ今は先を急ぎましょうっ！」

言うとアメリアは返事も待たず、門を開けて建物に向かって進み出す。

「……帰りたい……」

カトリーヌは心の底からつぶやくが——ここできびすを返したら、アメリアを見捨てたことになるし、別行動は、たった一人で兵士たちとはち合わせする可能性が高い。

結局のところ。

多少いろいろ迷いつつ、カトリーヌはアメリアのあとを追うのだった——

さきほどから街が騒がしい。

——どうなっている——

執務室で座したまま、ヴェルガル＝グラマトンは内心焦《あせ》りを覚えていた。

刺客とおぼしき相手の来訪。その対処に息子のマーキスを向かわせた。

そのあとだ。

街の方で遠い騒音——つまるところ騒ぎが起きた。これはまあ想定内。おそらく刺客が抵抗したのだ。

しかしいまだにその騒ぎがおさまる様子がないのはどういうことか。

マーキスが予想外に手間取っているのは確かだが、一体今の状況は？

執務室の板窓は閉めたまま。ここを開ければ街を眺めることはできるが、もし様子見にと不用意に窓を開け、刺客に見つかって弓矢や攻撃呪文で狙われでもしたら目も当てられない。

板窓にはわざとすき間が作られていて、外を窺《うかが》うこともできるが、見える範囲は限られている。状況を把握するのはむずかしいだろう。

内心の焦りはあるものの、もし彼が動揺を見せれば、室内に待機させた衛兵二人を混乱させる。

今はどっしりと構えて状況を見定めて——

だが。

がんッ！

響いた破砕音に、さすがにヴェルガルは腰を浮かす。

「今のは——」

近い。おそらくこの館の玄関扉。

間を置かず起きた悲鳴と怒号と破壊音はすべて館の中から。

「どうなっている⁉」

刺客は二人と聞いていたが、それにしては進撃が速すぎる。

この館にもそれなりの数の衛兵たちがいるはずなのに。

――ヴェルガルは気づいていない。

マーキスに、十分な戦力を連れて行け、と命じたばかりに、そのマーキスがこの館にいた衛兵のほぼ全員と、道中にいた巡回兵たちをことごとく同行させた結果、館の警備も街の門までの道中の警備もスカスカになっていることに。

内部に侵入されたとなれば、さすがに落ち着いている場合ではない。

ならば即断あるのみ。

「脱出するぞ！」

ヴェルガルは衛兵たちに向かって宣言する。

刺客の狙いが自分の命なら、脱出して生き延びれば、こちらの勝ちとまでは言えないまでも、相手にとっては失敗である。

「西階段ルートを使う！　先導しろ！」

『はっ！』

命令に、衛兵二人は声をハモらせ敬礼し、うち一人がドアを開け、先行して廊下の様子を――

「とぉぉぉぉぉぉうっ！」

「ぽめッ⁉」

様子を見ようとした瞬間、衛兵は首の後ろをまともに打たれ、妙な声を上げて失神する。

『なっ……⁉』

ヴェルガルと、残る衛兵と、二人の声が重なった。

こんなに早く執務室までたどり着かれることなどありえない――はずだった。

実際にはほとんど無人無抵抗の中を、アメリアたちが駆け抜けただけなのだが。

ヴェルガルの執務室にまっすぐやって来たのも、偉い人はなんか高い所にいると思い込み、とにかく上へと向かった先で、衛兵がドアを開けただけの話。

残る一人の衛兵が気をとりなおし身構えた時には――

「せいっ！」

「がぐっ⁉」

天に向かって突き上げられたアメリアの拳が、衛兵のあごをはね上げていた。

その体が刹那宙に浮き、落下とともに倒れ伏し、ひとたまりもなく昏倒《こんとう》する。

一人残されたヴェルガルは、動くことができずにいた。

今。

衛兵たちを倒した相手の手際《てぎわ》から、自分では勝てないのはわかった。

だが——機を見て逃げ出すくらいのことならできるかもしれない。

目の前の相手を観察する。

——しかし——

ヴェルガルは内心舌を巻く。

——こうやって対峙《たいじ》すると、幾度か見たアメリア様に実に似ている……こちらをあざむくためだろうが、凝ったことを——

もちろん。

似ているというか本人なのだが。

「……息子は……マーキスはどうなった」

「知りません！」

相手——アメリアの素っ気ない一言に、ヴェルガルは悟る。

「——そうか……死んだか……」

完全にカン違いのつぶやきはあまりにも小さく、アメリアの耳には届かない。

「そんなことよりっ！」

アメリアは拳をにぎりしめ、

「本の返却をお願いしますっ！」

「……本……だと……⁉」

ヴェルガルは鼻で笑うと、

「なんだ？　まさか本を返せば命だけは助けてくれるとでもいうのか⁉」

「命……ですか……？」

アメリアは一瞬眉をひそめて、

「その決定権はわたしにはありませんっ！

けれど本の返却遅延とわたしの謀殺を図っての兵士派遣のことは帰ったら報告させてもらいますっ！　その上で国からの沙汰があるでしょうっ！」

「え謀殺？　国の沙汰？」

ヴェルガルは眉をひそめ、

「……私を暗殺しに来た、アメリア様によく似た刺客……なのでは……？」

「え？　暗殺……？」

顔を見合わせ一瞬硬直する二人。

そんなアメリアの後ろ。

「……あの……」

廊下に隠れていたカトリーヌは、開いたままのドアからおずおずと顔を覗《のぞ》かせて、

「グラマトン候がお借りになった未返却本を、アメリア様がどうしてもお読みになりたいとおっしゃって……返却請求についていく、と、いうことでこのようなことに……」

「え本人⁉」

「ご本人です」

「本人ですっ！」

しばしの沈黙と硬直を――

近づいて来た足音と声がうち破る。

「ご本人ですよ父上ぇぇぇぇぇぇぇ！」

転がるように駆け込んできたのは鎧《よろい》のあちこちに氷をへばりつかせたマーキス。

「生きていたのかマーキス⁉」

マーキスは部屋に入るなり半ば座り込むように、アメリアに向かってひざをつき、

「死んでませんよ⁉

——申し訳ありませんでしたアメリア様！

父上！　こちらアメリア様ご本人です！　刺客というのは誤解です！　あとなぜかグレイシア様もおいでです！」

「え？　何？　なんで？」

ひたすら混乱するヴェルガルに、

「ふっ！　ずいぶんと混乱しているようねグラマトン侯！」

マーキスに一歩遅れて姿を現したのは——

「グレイシア様⁉　本物⁉　なんでこんなところにっ⁉」

「ふっ！　わたしたちがここにいる理由より先に、あなたが兵をさし向けてきた理由をぜひ聞かせてもらいたいものねっ！」

「……そ……！　それは……！」

問われてヴェルガルは混乱しつつも、

「返し忘れた本の返却請求に、事前の連絡もなく護衛もなしに王族の方が同行するなどありにもありえませんからっ……！

私はてっきり身分を詐称した刺客が自分を狙ったものと思って……！」

どうやら全部誤解だと、気まずい空気がしばし流れて——

「──まあ、いろいろ行き違いがあったようですね……」

カトリーヌは、ぽんっ、と手を叩《たた》き、

「それはさておきグラマトン侯、お貸ししていた本のご返却の件ですが──」

「──へ──？」

言われてヴェルガルは、刹那、ぽかんとした顔を浮かべ──

続いて一気に顔色を変えて、

「えっ待っいやあの。その。本は……その……そう、紛失して……」

「またまたご冗談を」

彼の言葉をカトリーヌは笑顔で否定して、

「貸し出し中の『王子と王女とドラゴンと』、そちらの執務机の引き出しにありますでしよう？」

「──なっ……!? 何を言っ……？　いや！　無い！　無いぞ!? 何を根拠に!?」

あわてふためく態度から、大当たりだとモロバレではあるのだが、

「根拠？　におい──です」

カトリーヌは自信たっぷり宣言する。

「におい……ですか？」

「はい」

とまどうアメリアに迷わずうなずき、

「司書というものは普通、貸し出した本がどこにあっても、においで存在を感知できるものなのですっ！」

「それはすごいですねっ！」

「ふっ。なかなかたいしたものねっ！」

宣言に、アメリアとグレイシアは感心し、

「……司書とはそういうものなのか……？」

「そんなわけが……」

マーキスとヴェルガル親子は信じない。

もちろん、司書にそんな能力は無い。

あえて説明を試みるならば――

王宮図書室で、虫食い防止の薬草のにおいが書物に移り、そのかすかな移り香をカトリーヌは感じ取ったのかもしれない。

「あるんですね！　本が！」

言って詰め寄るアメリアに、ヴェルガルは左右に首を振りながら、

「いや無い！　本など無い！」

「……父上……？」

あきらかに態度のおかしい父親に、マーキスがとまどいの表情を浮かべたその時。

「振動弾《ダム・ブラス》っ！」


ごがあっ！


問答無用でグレイシアが、執務机に攻撃呪文をぶちかます！

天板が砕け机の脚が折れ側板が裂け引き出しが外れ——

一冊の本がその場に飛び出した。

表紙には、冠を頭上に戴《いただ》いた少年と少女。そして竜。

全員が一瞬硬直し——

即座に飛びつき手に取ったのはカトリーヌ。

刹那遅れて。

「よせぇぇぇぇぇっ！」

ヴェルガルが叫んでつかみかかろうとするのを——

「何なさるんですか父上⁉」

マーキスが、羽交い締めで制止する。

カトリーヌは手にした本のページをぱらぱらめくって中をあらためると、重々しい口ぶりで宣言した。

「――やはり。

挿絵にえっちならくがきが描き加えられています」

ぴしっ。

あたりの空気が凍り付く。

ゆっくりと。

全員の視線がヴェルガルに向いて――

「……ち……違っ……わた……わたしが描いたわけではないっ！」

「図書室の書物は貸し出し前と返却後に司書が状態を確認します。貸し出し前に描かれていることはありえません」

カトリーヌに淡々と事実を告げられて、力なくその場に座り込むヴェルガル。

「一体どんならくがきが――」

言いつつアメリアが、カトリーヌのそばから、ひょいっ、と手元の本をのぞき込み――

その顔が。

みるみる赤く染まりゆく。

それは怒りかはたまた羞恥かその両方か。

やがて拳をにぎりしめ、

「成敗っ！」

「いやアメリア様おちついてください！」

さすがに止めるカトリーヌ。

アメリアの反対がわから、マーキスも本をのぞき込み、

「うっわ。……父上……さすがにコレ……うっわ……って、あれ、なんか、この挿絵の王女……」

「……ああ……そうだ……」

ヴェルガルはしゃがみ込んだまま、

「この挿絵の王女が、十年前に亡《な》くなった妻の若い頃にどことなく似ておってな……それで……半ば無意識でつい……」

「『つい』じゃありません。」

「いい話みたいに言われても……ねぇ……」

「この本読みたかったんですよっ！」

「……父上……その話、息子としてはむしろ引きますよ……？」

当然だが、よってたかってフルボッコ。

「……このらくがき、消せませんか」

「インクで描かれていますから……残念ながら完全には……」

アメリアの問いにカトリーヌは左右に首を振り――

「ふっ！　とにかくおおよその状況はわかったわ！」

胸を張り、自信たっぷりに口を開いたのはグレイシア。

ヴェルガルを、びしぃっ！　と指さして、

「ヴェルガル＝グラマトン侯！　借りた本にらくがきをして、そのことを知られたくないあまりに、返却を求めてきた相手の素姓を曲解！」

「そ――そんなつもりは……！」

「つもりがあったか無意識だったかは関係ないわっ！」

抗弁をあっさり切り捨てられて、ヴェルガルは沈黙するしかなかった。

つもりがあったかなかったかは他人にはわかりようもないし、無意識に曲解したのだと指摘されれば、ヴェルガル自身にも否定はできない。

いい歳《とし》こいてのこんなくっそ恥ずかしいやらかしは、絶対他人に知られたくない、と思っていたのは間違いないのだ。

何にせよ、王族を名乗り王家の紋まで示した相手に、確認もせず思い込みで兵を送りつけたのだ。爵位剝奪、いや、死罪であっても不思議はない。

「しかぁぁあしっ！」

グレイシアは続ける。

「アメリアが訪問に際し、正式な連絡と手続きを取らなかったこともまた事実っ！　よってっ！

グラマトン侯は私財をもって破損した書物の完全な写本を作り上げ、返却すること！

なお写本の完成度の合否に関してはアメリアとそこの司書さんに判断してもらうものとするっ！

それをもってこの件双方不問！

――と、いうことでどうかしら？」

「……お姉様がそうおっしゃるなら」

「でしたら異論はありません」

アメリアとカトリーヌがうなずいて――

「……お……」

ヴェルガルはひざをつくと、その両の目にみるみる涙をあふれさせ、

「おおおお……グ……グレイシア様のご寛大なご裁量……このヴェルガル＝グラマトン、心より感服いたしましたっ！」

死刑もありうる、と覚悟していたところでこの処置である。極度の不安から極度の安堵《あんど》という感情の落差が、彼の心を大きくゆさぶっていた。

「このご恩っ！　誓って一生忘れることはございませんっ！　今後この身尽き果てるまで、グレイシア様に──セイルーン王室に忠義を尽くすことを誓います！」

感極まった宣言とともにグレイシアに向かって深々と頭を下げると、マーキスもそばにやって来て、同様にひざまずき頭を下げる。

「さすがグレイシアお姉様！　みごとな裁定です！」

アメリアもまた自分の偉大な姉（個人の感想以下略）に、きらきらとしたあこがれのまなざしを送る。

──もしも。

この場に胸板が平たい美少女天才魔道士が立ち会っていたならば、グレイシアの裁定が、

ノリでついて来て、マーキスやこの街の兵たちを攻撃呪文でへち倒した自身のやらかしをうやむやにするためだと見抜いてツッコミを入れていたかもしれないが。
「ふっ。ほめすぎよ。そこまで言われると照れるじゃない。ほーっほっほっほっほ！」
グレイシアのバカ笑――ほがらかな笑い声があたりに響いたのだった――

――後日――

写本を作りはしたものの、アメリアとカトリーヌのくっそ厳しいチェックに何度も何度もダメ出しされて、結果、メティス・シティでは写本制作技術が飛躍的に向上。ちょっとした産業として成立したりするのだが、それはまた別の話である。
あとはセイルーンにおいて、『王宮図書室の本を返却しないでいると、王家の人間がガン首揃《そろ》えて返却請求に来る』という事実に基づく恐ろしい噂《うわさ》が流布《るふ》し、書物の未返却はなくなったという――

（『王子と王女とドラゴンと』：おしまい）

ドラゴンマガジン2021年1月号　ファンタジアヒロインカレンダーブックより

「あ・はっぴー・にゅーいやー！」

叫んであたしは駆け出すと、途中でくるりときびすを返し、積もった雪に背中から身を投げ出した。

ぽすんっ！　と体が沈み込む。

ひろがる灰色の空からは、次々降り来る、白、白、白。

そんなあたしの様子を見て。

「テンション高いなー、リナ」

ちょっとあきれた口ぶりで言ったのは、あたしの旅の連れ、ガウリイ。

その隣では。

「ははいはいはいはいははーい！」

ぷるぷる右手を上げて発言を求める、もう一人の旅の連れ。

あたしは上半身を起こすと彼女を指して、

「はいラン」

「寒《さぶ》ひ。」

「でしょうね。」

端的な感想をあたしは突き放す。

金髪小麦肌のいかにも元気な子、といったいでたちなのだが……雪が降り積もってること中、生足ホットパンツってあんた。

「どうすれば」

「服着ろ。」

「きてるよ？」

「あったかそーな服着ろ。……ま、とりあえず店に行きましょーか」

言ってその場に立ち上がる。正直、ちょっとはしゃいではみたものの、あたしも実はクッソ寒い。

——あたりに雪が降り積もり、どこかの村や町で足止めされる——

旅をしているとままあることだが、今回、あたしたちはよりにもよって、新年早々コレを食らっていた。

宿の中には食堂がなく、食事は数軒先のメシ屋に足を運ぶしかない。

で、宿を出たところで、あたしはあんなふうにはしゃいでみたわけだが——

メシ屋に入るとやっぱし中はあったかい。テーブルについて料理を注文し——

「あー。やっぱしあったかいのが一番ねー」

「さっきまで雪の中で喜んでたじゃないか」

しみじみつぶやくあたしに、ガウリイがあきれ顔で言う。

「や。ちょっとテンション上げてみたけど、さすがに寝っ転がると寒いのなんの」

「そりゃそうだろ」

「リナにょん、寒いの平気？」

いまだ震えながら訊《き》いてくるラン。ちなみに彼女のちょっと独特なしゃべりかたは、当人いわく、地元の方言らしい。

「苦手だけど？」

「苦手なのにテンション上げた？」

「まーね」

あたしはうなずいて、

「寒い。おまけに雪に降られて旅は一時ストップ。

こーゆーどーしようもない時って、どうしよう、って思ってどんどん気持ちが沈んでいく時も多いんだけど――

これって、実は打開策をぜんぜん考えてなくて、単に『どうしよう』ってフレーズを頭の中でくり返して落ち込み続けてるだけ、ってこともあったりするの。

大事なのは、『どうしよう』とかいったワンフレーズを繰り返し考えないこと。でもって何かでテンションを上げること。

そもそも今の状況だと、ほっといてもそのうち雪はなくなるんだし、そーなったらまた旅を続けるんでしょ？

ならっ！

落ち込んだってソンするだけけっ！

この状況でもできる、ちょっとでも面白いことを探して楽しんで、テンション上げていくのがベスト！

でもって自由に動けるよーになったら、そのいきおいでダッシュ！　ってやった方がいいに決まってるでしょ」

「なるほど！　あれこれ考えるな、ってことか！　そういうのならおれは得意だぞ！」

「いやガウリイ、対処のしようがある時はちゃんと考えるよーに」

ランも、ぴょこんっ、と手を上げて、

「ならっ！　うちはちゃんと対処方法考えて、あったかい所にいるようにする！」

「いやあんたは服着ろ。」

言っているうちに、さっき注文したシチューがテーブルに運ばれてきて——

「これは素直にテンション上がるよな」

「あたたかひ」

目をかがやかせるガウリイとラン。

「それじゃああらためて——」

あたしの音頭《おんど》で——

『あ・はっぴーにゅーいやー！　いただきます！』

三人の声が唱和したのだった。

水と陸との間《はざま》にて

タバコと酒と油のにおい。

ちらつくランプの小さな炎が、グラスに満ちた酒の面《おもて》にゆらめき映る。

海にほど近い、小さな町の場末の酒場。

片隅の席には一人の客。

深くかぶったフードの下、うつむくまなざしは何を映すのか。

――ゼルガディスは疲れていた。

かつて彼は力を求め――とある魔道士の手によって、邪妖精《ブロウ・デーモン》、岩人形《ロックゴーレム》との合成獣《キメラ》にされ、力を得たその代償に、失ったのは人としての容姿。

灰色の肌は岩のごとく。銀色の髪は針に似て。

後悔をしてみたところでもう遅い。だが、あきらめられるはずもなく、人へと戻る手段を求め、あてのない彷徨《ほうこう》と探索の日々。

それがもうどれだけ続いているだろう。

――完全に混じってしまったものを元通りに分ける手段などは無い――

何度この言葉を聞いただろうか。

この漁師町に――この酒場に立ち寄ったのも、何かの理由あってのことではない。あてを探してあてもなくさすらい、体より心が疲れ果て、気がつけばここでこうしていた。

店は繁盛《はんじょう》しているとは言いがたかったが、それでも客はちらほらといて、おそらく地元の人間だろう。あちらに数人、こちらに数人とテーブルを囲み、グチや自慢や馬鹿話をがなり立てている。

——嘘《うそ》みてぇだろ？　完全に混じっちまってたのが綺麗《きれい》に元通りだぜ——

耳に届いたそんな会話に、ゼルガディスは席を立ち、話をしていた客たちのテーブルへと向かう。

「悪いが今の話——

くわしく聞かせてもらえるか」

さまざまな水音が絶え間なく続いている。

天井の岩からしたたる水滴が、あるいは下の岩を打ち、あるいは水面に波紋をつくる。

どこかを流れる水のせせらぎ。

虚空《こくう》を漂う無数の細やかな水滴が、魔力の明かりを受けてきらめき舞い踊る。

ゼルガディスは今、町の人間から聞いたたよりない噂《うわさ》をアテに、海岸近くにある岩場の洞窟内にいた。

川が海に流れ込むそんな場所。年月と水に削られた岩場は迷路のような洞窟を形作っている。

噂で聞いた場所はこの奥のどこかにある――らしい。

もちろん内部の地図――どころか、道らしい道も無い。噂の信憑《しんぴょう》性も無い。それでも彼は歩みを進める。

足元の濡《ぬ》れた岩は起伏が激しく、コケだか藻だかがはりつき、ぬめり、ともすれば足を取られそうになる。

ゼルガディスが棒切れにかけてかかげた魔力の光に、濡れた洞窟の壁が天井が、うねり踊るように陰影をうつろわせる。

どれほどの時間、進んだ頃か――

彼が足を止めたのは、行く手に気配を感じてのことだった。

誰か――いる。

一瞬身構えかけて、思い直す。

自分は別に、ケンカを売りに来たわけではないのだ。

相手が暗がりにいるせいで、何者なのかはわからないが、こちらを警戒してはいるものの、敵意を向けてきてはいない。

ならばまずは会話から。

全身から意識して力を抜き、

「――驚かせたならすまん。敵意は無い。

人の噂で、この先に――あんたらの？　集落があると聞いてな。

それで――」

彼の言葉を途中で遮り、

「……ゼル……ガディス……？」

闇の中の相手は、名乗ってもいない彼の名を呼んだ。

「おれを知っているのか？」

彼はさすがに警戒する。

昔はいろいろと後ろ暗いこともやっていた自覚はある。恨みを買った相手がいつ現れたとしても不思議ではない。

あたりに響く水音の中、ぺたりぺたりと濡れた足音が近づいて、やがて光が届く中に、ぬらりと姿を現したのは――

魚、だった。

正確に言えば、魚人。

――魚人といっても、実はその種族にはいくつかのバリエーションがある。

ヒトがウロコとヒレを纏ったような種族。あるいは上半身は人で下半身が魚になっている種族。

　しかし今、ゼルガディスの前に現れたのはそれらとも違う。

　まんま巨大な魚の体に、ひょろ長い両手両足が生えている。

　子供のらくがきテイストが強いが、ゼルガディスはその姿に心当たりがあった。

　かつて自分をこの姿にした魔道士──レゾという男の下にいた時、そのレゾの部下として動いていた魚人がいた。

　名前は──

「ヌンサ──なのか？」

「……ひさしぶり……だな……雰囲気が……ずいぶん変わったか……？」

　のったりとした話し方。ヌンサの声には、特段何かの感情がこもっているようには感じなかった。

　もっとも──ゼルガディスには、魚人の感情を言動から察するなどという器用な真似《まね》ができる自信はなかったが。

「──かもな」

　ヌンサのことは正直よく知らないが、ここで敵対するつもりはない。ただし──相手の方がどう考えているかは不明だが。

「……それで……こんな所に何の用がある……？」

「おれは今――普通の人間に戻る方法を探している」

駆け引きはむしろ無用と判断し、ゼルガディスはまっ正直に言った。

もしもヌンサが集落の用心棒のようなことをやっているのなら、理由の説明もせずに先に行きたい、というのは通らないだろう。

とはいえ、かけひきのつもりでごまかして、あとあとそれが露見した方がむしろ信用を失うことになる。

「……人間に戻る……？　もともとそういう種族ではなかったのか……？」

「そんなわけがあるか」

「……そうなのか……わたしは……地上の生き物にはあまりくわしくないのでな……もとからそうかと思っていた……」

言われてみれば。

自分が魚人のことをよく知らないのなら、逆に魚人が地上の種族をよく知らなくても不思議はないのかもしれない。

それに考えてみれば、これまでに、自分が合成獣《キメラ》であるという事実と葛藤を、ヌンサに話したことはなかった気がする。

理由は単純。

ひょろ長い手足が生えた魚などという見た目の相手に、『おれは自分の見た目のことで悩んでいて』などと語るのがあほみたいだと心底思うからである。

「もとは人間だ。

ただ、何かを合成獣《キメラ》にする魔道士は数多くいても、逆に合成獣《キメラ》を元に戻す手段を研究している魔道士など見つからん。

結果、伝承や噂話《うわさばなし》など、不確かな話に頼らざるを得なくなるのが現状だ。

――で、だ」

ゼルガディスはわずかに息をつき、

「近くにある人間の町で、しばらく前にある噂を聞いてな……その……」

無意識に視線をそらしつつ、

「『この近くにある魚人の集落にすごい奴《やつ》がいる。完全に混じり合ったモズクとヒジキを綺麗に元通りに分離してのける』と――」

「……ゼルガディス……？」

「いや言うな！　おれもわかってはいるんだ！　それは何か違うんじゃないか、とか、この噂に飛びつくなんて疲れてるのかおれ、とか！

――しかしな。

この話を関係ないと切り捨てて無視して先に進むのは簡単だ。

だがそうなると進んだ先で、実はあれは案外大きな手がかりになっていたんじゃあないか、という疑念が始終つきまとうようになるだろう。

――先に当たるべき次の手がかりでもあれば話は別だが、現状それがない以上は、駄目で元々で当たってみようと考えたわけだ」

小さく肩をすくめてみせれば、対するヌンサはしばらく、ぬぼーっと突っ立っていたが
――それはおそらく黙考していたのだろう。やがて、

「……いい……だろう……わたしが案内しよう……」

「――恩に着る」

「……ついて……来てくれ……」

きびすを返して歩きはじめたヌンサの背中もとい尾ビレを追って、ゼルガディスは洞窟を奥へと進むのだった――

「――ここが――」

目の前にひろがる光景に、ゼルガディスは知らず足を止めていた。

川からの真水と海の水とが交わる汽水域。

あたりには薄い潮のにおいが漂っている。

そこに位置する洞窟――というより巨大な地下空洞の中。

岩肌の地面が半分、水場が半分。その水場には、見慣れないものがいくつもあった。

まるで巨大な桶《おけ》のような、足元が水に浸《つ》かった大きな円柱。

木の板でできており、ドアがついているところからして、それが魚人たちの家なのだろう。

水中の岩には光を放つ藻が生えており、水面からにじみこぼれる淡い光が、あたりの家々を照らし出す。

必要なくなった魔力の明かりをゼルガディスが解除したのをきっかけに、

「……こっちだ……」

ヌンサが先に立ち歩き出す。

導かれ、ほどなく二人が着いたのは、とある桶――いや、家の前だった。

近づいてわかったのだが、ヒザほどまでが水に浸かった玄関ドアは、植物で編み上げたドアサイズの粗いザルのようになっていた。視線は遮りながらも水と空気は通すようになっているのだ。

ヌンサはわずかに身を低くすると家に対して後ろを向くと、玄関先の水面を尾ビレで数度打つ。

水が跳ね波が立ち——やがてその波紋がおさまった頃。

……ぢゃぶっ……

水を押しわけドアが開く。

ゼルガディスは二つ、理解した。

ドアが板ではない理由。ザル状でないと、水を押して開くのがかなりの負担になること。

ヌンサが水面を打ったのが、ノックのようなものだったこと。

開いたドアから姿を見せたのは——当たり前だが一人の魚人。室内からの明かりを背にして佇《たたず》むその姿は、ゼルガディスから見れば、ヌンサとどこが違うのか、正直言ってよくわからない。

「……ヌンサ……どのか……」

「……シュミト長老……お話が……」

長老と呼ばれた魚人は、ゆっくりとした動作でゼルガディスの方を向き、

「……そちらの方は……？」

当然警戒されているのだろうが、口調や表情から、全く感情が読めない。

「……わたしの……昔の知り合いだ……」

「突然の訪問、失礼。おれはゼルガディスという」

こういった場合に必要なのは誠意と信用。そのためにゼルガディスは相手の目を見て話
……そうとはしたのだが、正直、相手がどこを見ているのかさっぱりわからない。

自然と正面から魚人の口のあたりを眺めてしゃべることになる。

彼は語る。

自分が合成獣《キメラ》であること。人に戻る方法がないか探していること。その手がかりを求めてこの集落にやって来たこと。

「この集落に、完全に混じり合ったモズクとヒジキを分離してのける者がいると聞いた。できればその技を見学させてもらいたいのだが――」

自分でも何を言っているのかと思いつつ言葉にしてみるが、

「……ふぅむ……」

魚人の長老は小さく唸《うな》ると、

「……事情は……わかった……だが……わしらにとって……海蘊《もずく》と鹿尾菜《ひじき》を分けるのは……生活に関わる重要な技……」

「生活に⁉

　そこまで大きいものなのか？　モズクとヒジキの差、というのは。どちらも同じ海藻なのだろう？」

「ふざけるな若造ぅぅぅぅウッ！」

　長老は突然声を上げた。

「海蘊《もずく》と鹿尾菜《ひじき》を似たようなもの扱いするとは！　何もわかっておらぬっ！　噂《うわさ》では陸のニンゲンたちとて茸《きのこ》好きと筍《たけのこ》好きで日々血で血を洗う暗闘を繰り広げていると聞くぞっ！」

「……いや、おれはそういう噂は知らんが……」

　急な激昂《げきこう》と早口にゼルガディスはやや鼻白む。

「知らん⁉　なら、同じ穀物だから麦も豆も変わるまい、といい加減に扱われたらどう思う⁉」

「それは――そうか」

　ゼルガディスにとっては海藻その一と海藻その二に過ぎないが、自分たちにとっての身近な食べ物にたとえられれば、違いを無視できないのはわかる。

「知らなかったとはいえおれの考えが浅かった。気分を害したなら謝る。すまない」

彼は素直に謝罪した。

「……わかってもらえれば……それでよい……わしも年がいもなく熱くなった……」

長老は小さく息を吐くと、

「……しかしすまんが……生活に関わる重要な技を……余所《よそ》から来た者に……おいそれと披露するわけには……」

「……長老……」

長老の言葉をヌンサは遮ると、

「……アレを倒すのに……こいつの力を借りたいと……考えている……」

「ふ……む……そういう……ことか……」

「アレ？」

面倒ごとを押しつけられそうな予感にゼルガディスはつぶやくが、二尾《ふたり》はそれを無視して、

「……腕は……立つのか……？」

長老の問いに、

「……保証する……」

とヌンサ。

「……そういう……ことなら……詳しい話をしよう……入るがいい……」

ゼルガディスは小さくうなずくと、招きに応じて家の中へと踏み入るのだった――


――長い――

長い話が終わった。

長老の話を要約すると。

近くの海にザバミと呼ばれるでっかいカニだかエビだかの化け物が出てきて魚人を襲うので退治したい。

しかし陸上に逃げられると魚人では分が悪いのでそこのフォローを頼みたい、ということだった。

要約すると短い。普通に短い。

長かったのはほかでもない、のたのたとした語りのペースが遅すぎて遅すぎて、やたら時間がかかったのだ。

あと、最初に長老の孫娘とかいう魚人が飲み物を運んできたのだが、器が魚人向けで、コップというより縦長の筒。まずそこで話が盛大にそれた。

ようやく本題に入っても、やはり話はのったりペース。

そんなこんなで。

ひととおり話を終えて、ゼルガディスとヌンサが長老の家をあとにしたのは、かなり経《た》ってのことだった。

地下洞窟にあるこの集落からは月のかたむきも見えないが、ゼルガディスがここに来た時間と体感からして、おそらくもう夜も遅いのではないだろうか。

「……わたしは……宿がわりに空き家を貸りている……」

ヌンサは言った。

「貸りて？　お前はここの集落の出じゃないのか？」

「……違う……もっと南の集落の出だ……

……ここには……ザバミを倒す用心棒として雇われていてな……しばらく滞在させてもらっている……

とりあえず……今夜はうちに泊まるといい……」

「──世話になる」

「……気にするな……

幸い……うちにはベッドが二つあるが……半分水没した大岩海苔《おおいわのり》ベッドと完全に水没した巨昆布ベッド、どちらがいい？」

もちろん――

嫌だ。

嫌すぎる。

魚人には快適なのかもしれないが、さすがに嫌だし辛《つら》すぎる。

人と魚人とでは暮らし方が大きく違うだろう、というのはわかっていた――いや、わかっているつもりだった。

しかしこうして集落の様子を目の当《ま》たりにすると、あれやこれやが違いすぎる。

ゼルガディスは一瞬沈黙してから、空の見えない天をあおいで、

「……いや。今日は少し外をぶらつきたい気分でな」

「……体を休めた方がいいぞ……」

「疲れたらそちらに邪魔させてもらうさ」

ヌンサはしばらく沈黙してから、

「……警戒……しているのか……？　わたしを……」

「――なんのことだ？」

本当に意味がわからず問い返せば、

「……わかるだろう……レゾ様の話だ……」

ゼルガディスはあいまいなあいづちをうつ。

――かつてのレゾの部下たちから見れば、『レゾは突然消息を絶った』ということになる。

そのことに対する部下たちの思いはそれぞれだろうが、『誰かに殺されたのなら自分がかたきを討つ』と考える者がいてもおかしくはない。

もしもヌンサがその考えを持っているのなら――そしてレゾを殺したのがゼルガディスではないかと疑っていたなら、少々面倒なことになる。

実のところ、ゼルガディスはレゾの最期《さいご》に立ち会っているのだが、その時何が起きたのかを語ることはできない。

何しろ――あまりにも非現実的すぎた。

そのまま話せばまず間違いなく、へたな作り話だと思われる。

どう応えたものかと悩んでいると――

「……わたしは……かつてレゾ様に命を救われたことがある……」

揺れる水面の方を向きながら、ヌンサが口を開いた。

「命を？」


「――ああ――」

「……ああ……地上で迷い……飢えと渇きで行き倒れかけていたところを、な……

……あの時もらったイソメの味は一生忘れられん……」

「イソメか。」

「……ああ……イソメだ……」

釣り餌である。

「……恩は感じていた……だから従っていた……だが……レゾ様が後ろ暗いことをやっていたことも知っていた……

……だからこそ……レゾ様がどういったいきさつでどうなったにせよ……それで誰かを恨んだり狙ったりするつもりは……ない……」

「おれは――」

ゼルガディスは自問する。

自分自身の感情を。

レゾはゼルガディスにとって、祖父だか曽祖父だかに当たる関係――らしい。はっきりそう言われたわけではなく、ほのめかされた程度だが。

合成獣《キメラ》にされたことは恨んでいた。だが一方で、不相応な力を望んだのは他でもない、自分自身だとの思いもある。

憎んでいたのも事実だが、傍《かたわ》らにいて安堵《あんど》したりくつろいだりした時間も確かに存在した。

「――一言では表せんな。奴《やつ》のことを考えるといろんな感情が交じり合って渦巻いて――それは今でも変わらん」

「……そうか」

ヌンサは感情の読めないあいづちをうつときびすを返し、

「……わたしが借りているのは……この先にある、茶色い海藻が壁に巻き付いた家だ……疲れたら休みに来い……」

もちろん嫌だが――

「――ああ。そうさせてもらう」

適当に答えると、あたりをぶらぶら歩きはじめる。

どこか、目立たず休める乾いた場所を探して今夜はそこで落ち着こう、と思いつつ。

水面にゆらめき湧き出る光は幻想的ではあるが、場所が場所だけに湿気は強く、休むのに適した場所はなかなか見つからない。

そのうち――

「……あの……」

後ろから声をかけられ、ゼルガディスは足を止めてふり向いた。

少し前から誰かがやって来ているのは気づいていた。

声をかけて来たのは一人の魚人……なのだが、もともと魚人の見分けがつかないのに加え、薄暗くて体の色や模様もよく見えず、相手が誰かはわからない。

足音と気配からして、それがヌンサではないことには気づいていたが、では誰か、と言われると──

「──あんたは？」

「……メリメトナです……シュミトの孫娘の……」

シュミト──というのが長老の名だということを思い出す。

ならば最初に飲み物を運んで来てくれた孫娘なのだろう。

「ああ。あんたか。何か用か？」

──おそらく見た目の怪しい部外者への文句というところだろうな──

思いつつ問えば、孫娘はゆらゆら小さく体を揺らしつつ、

「……ヌンサさんと……一緒に……ザバミを……倒しに行くんですよね……」

「ああ」

「……その……ゼルガディスさんと……ヌンサさんとは……一体どういった間柄なのでし

ようか……？」

「――どう言えばいいのか――」

聞かれてゼルガディスは返答に困る。

昔の知り合いではあるが、心に浮かんだ『知り合いのただのサカナ』という表現は、魚人全部にケンカを売ることになる。さすがにこの場所でそう口にするほど馬鹿ではない。

なら別の表現。互いにレゾの下にいて――となると同僚？　同僚か？

いやしかしその表現もしっくり来ない気がする。

ゼルガディスの葛藤を、一体どう捉えたのか、

「……ひょっとして……」

孫娘は体の揺れをやや大きくさせながら、

「……ひょっとして……ゼルガディスさんは……ヌンサさんのために……タマゴを産みたいんですかっ……!?」

ブゥッ！

さすがに噴き出すゼルガディス。

「なんでだッ！　おれは男だっ！」

「……オト……コ……？」

孫娘はしばし沈黙してから、

「……ああ……！　ひょっとして……ニンゲンのオスのことですか……!?」

「それ以外にあるかっ!?」

「……すみません……魚人《わたしたち》から見るとゼルガディスさんたちニンゲンって……オスメスの見分けもつかなくて……」

「──そういう──ものなのか？」

「……そういう……ものです……逆にゼルガディスさんから見て……魚人《わたしたち》のオスメスの見分けってつくものなんですか……？」

「いや──確かに無理だな──」

しかし、おれにそういう質問をするということは、ひょっとしてきみは、ヌンサのことを──？」

「……だ……だって……」

問われた孫娘はもじもじしながら、

「……あんなクールでハンサムな魚人《ひと》……どうやったって意識してしまいますよ……」

「……くうるではんさむ……？」

──いやゼルガディスにもわかっているのだ。頭では。

人間と魚人とでは見た目はもとより、生活・習慣・美的感覚、何から何まで異なっているということは。

ゆえに、ヌンサが魚人視点だと魅力的に見えたとしても不思議ではない、と。

わかってはいるのだが——ヌンサの見た目と、クールでハンサムという表現が何をどうやっても頭の中で結びつかない。

「……愁《うれ》いを帯びた瞳もステキで……」

「お……おう。」

「……あのウロコのぬめり具合の美しさときたら……ニンゲンから見ても目を見張るものがあると思いませんか……?」

「あ。うん。」

——この日。

ゼルガディスは、いつともわからぬ夜中まで、ヌンサに対する釈然としない賛辞を聞かされ続けたのだった——

「……どうやら……あまり休めなかったようだな……」

「——ああ」

明けて翌朝。

ゼルガディスとヌンサの二人は、集落の一角で落ち合った。

昨夜は、地下空洞だから昼も薄暗いだろうと思っていたのだが、こうして朝になってみると、海中を乱反射した光が集落まで届いており、外と同じとはいかないまでも、暮らすのに十分な明るさがあるのを知った。

ヌンサはしばし沈黙してから、

「……ずいぶん……悩んでいるようだな……」

いやゼルガディスが昨夜休めなかったのは悩んでいたからではなく、長老の孫娘がヌンサをべた褒めするイベントに強制参加させられたからなのだが——それは口にせず、

「——どうだかな——」

適当に言葉を濁す。

「……朝飯くらいは……食え……」

言ってヌンサがさし出した手には、黒い塊が載せられている。

「……………」

「……魚を甘海苔《あまのり》で包んで蒸し焼きにしたものだ……心配するな……ニンゲンが食べても問題はない……」

「――そうか――」

何も腹に入れないままで探索や戦いをはじめて、途中でスタミナ切れにでもなったら笑えない。

食べ過ぎはまずいが適度に腹に入れておく必要はある。

見た目の不安はあったが、味は度外視の栄養補給と割り切って、ゼルガディスは黒い塊を受け取り、口へと運び――

「――!?　……旨《うま》いな」

「……悪くないだろう……」

光る水面を眺めつつ、二人は並んで佇《たたず》みながら、

「――で、そのザバミというのは具体的にどんな相手なんだ?

魚人を襲う、カニかエビのような相手、とは聞いたが――」

「……そうだな……大きさはサメほどで、カニとエビを混ぜたようなものだ……」

海辺に縁のなかったゼルガディスにとっては、食べ物としてカニやエビは知っていたものの、サメというのは「そういう名前の肉食魚がいるらしい」と聞いたことがある程度。

あまりピンと来ないのは事実だった。

「……ハサミが……強力で……大きな貝のカラくらいなら平気で砕く……お前も気をつけ

ろ……」

「ほう。それほどか」

自分の岩の肌の頑丈さをアテにしすぎるな、ということだろう。

たしかに過信は油断と、時に死を招く。

「……奴は決まった場所と時間に現れるわけではない……現れるまで一緒にパトロールしてもらうことになるが……」

「まあ、そうなるだろうな」

話を聞いた時から長丁場は覚悟の上。

「……念のため聞くが……水中で動き回る術は使えるか……？」

「一応な。水中にいる時は機敏に動けるとは言えんし、その状態だとロクな術も使えなくなるが。

それと――

相手を追って水中に入るとなれば、剣は陸に置いて行くしかないが――

剣無しではさすがに少々心許《こころもと》ないぞ」

「……案ずるな……」

ゼルガディスの懸念《けねん》に、しかしヌンサはこともなげに、

「……水中はわたしがなんとかする……剣はそもそも奴《やつ》のカラに通らん……お前の攻撃は陸に出た時……術の方で頼む……」

「そういうことか」

――知り合いの剣士が持っていた剣ならば、少々硬いエビカニのカラなど問題にならないのだろうが、それは言ってもしかたない。

「……相手については……こんなところか……」

依然イメージできない部分もあったが、前情報としては十分。あとは実際に出会って戦ってみるのが早いだろう。

「上等だ。行こう」

「……いいだろう……なら……はじめるか……準備は……いいか……？」

聞かれてゼルガディスは呪文を唱え、

「――水気術《アクア・ブリーズ》！」

水の中でも呼吸できる術を発動させる。

「――いつでも」

「……よし……」

応えてヌンサは目の前にひろがる水の中に、するりと身を滑り込ませる。続けてどぷりと飛び込むゼルガディス。

全身を包むぬるい水。手足を少し動かしてみると、まとわりつく水のせいでさすがに重く動きも鈍い。

術のおかげで呼吸はできているし、目を開けば周囲もはっきりと見える。

あたりに生えた夜に光る藻がいまだかすかに光の名残《なごり》をまとっている。さまざまな色の海藻が水に揺れ、遠くの水面に外からの強い光がゆらめいて、舞い踊る木の葉にも似た魚影が疾《はし》る。

視界がゆっくり沈んでいるのを感じ、手足で少し水を掻《か》く。どうやらこの体は、普通の人間よりやや重いようだが、泳げないほどでもないらしい。

「行けそうかゼルガディス？　陸とは勝手が違うだろうが」

よく通る若い男の声に目をやれば、そこにはヌンサの姿があった。

………………？

『……なあ、その、今の声はひょっとして……お前なのか？』

水中ゆえか、いささかこもった声で尋ねれば、ヌンサは流暢《りゅうちょう》に、

「おいおい何を言ってるんだゼルガディス。わたし以外に誰がいる？」

言ってヌンサは優雅なしぐさで背ビレをなでつける。

『いや……ずいぶん流暢にしゃべっているからな』

「ふ。魚人が水中で普通にしゃべるのは当たり前だろう？　――もっとも陸だとしゃべりにくくて、少したどたどしくなるのは否《いな》めんが。

そう言うお前の声だって、水中では少しくぐもっているぞ」

『ああ。それは気づいているが……』

たしかにさきほどから、自分の声がこもって聞こえている。

しかし――

魚人の話し方はゆっくりしたものだと思い込んでいたが、水中だと普通だったとは。

ならば昨夜の長老やその孫娘などは、自分に合わせてしゃべりにくい陸上で話をしてくれていたということか。

「水中はわたしの方が動ける。足を摑《つか》め」

それが確かに妥当だろう。水中でくるりと身を翻《ひるがえ》したヌンサの足が目の前に来て、ゼルガディスは素直にそれを左手で摑む。

「――行くぞ」

『ああ。頼む』

答えた瞬間。

ぐんっ！

全身を水が圧する。水の中で呼吸する術を使っていてさえ息苦しい。人が泳ぐ数倍の速さが出ているだろう。これでもおそらくヌンサにとっては、ゼルガディスを曳《ひ》いているぶん遅いのだろうが。

水面に光が強く見える方に向かうにつれて、水の味に塩が濃くなる。

ほどなく――

『………！』

光が満ちた。

地下洞窟から外に出たのだ。

頭上にゆらめき光る水面。

水の世界はただ蒼《あお》く。

たゆたう海藻たちの間を、とりどりの色をした魚たちや、ゼルガディスの知らない生き物たちが横切る。

――これが――海の中か――

ゼルガディスとて、上から海を見たことはあった。海についての断片的な知識も持っていた。

だが――水中から海を実感したのははじめてだった。

彼はしばし呆然《ぼうぜん》と、目の前にひろがる光景を眺め――

「――いくぞゼルガディス。アテがあるわけでもないが、ゆっくりしている場合でもあるまい」

『――ああ。そうだったな』

かくて二人は進み始める。

どこにいるともわからぬ相手を探して――


探索四日目の朝――

『聞きたいのだが――』

水の中に入ってすぐ、ゼルガディスはヌンサに言った。

これまでの探索はすべてからぶり。二人は相手の影すら見つけられずにいた。

――これはまったくの余談だが――

二日目の夜以降、さすがに辛《つら》くなったゼルガディスは正直に事情を話し、乾いた場所を寝床として提供してもらっている。

……ベッドとシーツは乾いた昆布だったが、他に無いと言われては、こればかりは我慢するしかなかったが……

　ともあれ。

「何だ？」

『ひょっとしてお前は前に、ここに居着いたザバミと戦ったことがあったのか？』

「ああ。ある程度は追い詰めたのだが、岩場で上に逃げられて、深追いをあきらめた。

それから二日ほどしてパトロール中にお前と出会ったのだが――

最初に戦ってから奴の姿は見ていない。

魚人への襲撃も起きていないから、もうこの集落からは離れた可能性もあるな」

『魚人たちが襲撃されたのは、何をしている時だった？』

「普通に沖で貝や海藻を採っていた時だ、と聞いたが――」

『なら――やることは決まったな』

「どうする気だ？」

　ヌンサの問いに不敵な笑みを浮かべ、ゼルガディスは言った。

『もちろん――海藻採りだ』

　水面からの陽《ひ》を受けて、ゆらゆらのんびり揺れ続ける、名前も知らない海藻たち。

それが――割れた。

ごっ。

殴りつけるような鈍い音とともに、ゼルガディスの全身を衝撃が打つ！

『――⁉』

わずかに遅れて、ちぎり散らされた海藻の端切《はぎ》れが目の前の水中に舞い踊る。

「無事か⁉」

ヌンサの声が聞こえた時には、自身の体の状態はざっと確かめ終えていた。

衝撃を食らいはしたが、意識ははっきりしているし手足も動く。傷や出血なども無し。

『問題ない』

即答しつつ目をやれば、衝撃でかき分けられた海藻の先に黒い塊。

「大当たりだゼルガディス！」

――ヌンサの話を聞いたゼルガディスが考えたのは、ザバミがこちらのパトロールを避けている可能性だった。

ザバミは自分を一度追い詰めたヌンサの存在を認識し、ずっと泳いでいる――言い換えればパトロールをしている可能性がある魚人がいる時には身を潜めているのではないか。

ならパトロールの姿を見かけなくなって、海藻などを採っている、一見無防備な魚人がいれば襲うのでは——

そう読んで、今日はいつものような泳ぎ回るパトロールをやめ、自分たちをおとりにするため海藻採りをやってみたのだ。

午前中は特に何も起こらず、作戦は失敗だったかとも思ったのだが、夕方近くなってきた頃、相手がとうとう現れた。

「逃げるふりをして引きつける」

『わかった』

ヌンサの提案に即座に乗ると、ヌンサとともに退却開始。

『だが今の衝撃波は何だ⁉　奴《やつ》は術でも使うのか⁉』

「奴のハサミだ！　水中でうち鳴らせば衝撃波まで生む！」

ゼルガディスの疑念にヌンサは即答。

『……シャレにならんな……』

言い交わす二人に、水草を裂いて迫る黒い影！

速度は相手の方が速い！　当然だろう。ヌンサはとにかくゼルガディスの方は、術で水中呼吸ができるようになっているとはいえ、水の中での動きが得意になるわけでもない。

やがて距離が縮まったせいか、うねる水の先、相手の姿がはっきりしてくる。

赤黒くくすんだ巨体。ヒトより大きいカニ——くらいの姿を想像していたのだが、体の長さはちょっとした小舟くらいはあるだろう。カニとエビを合わせたような細長くやや平たい体に、巨大な二本のハサミが目立つ。

追いつかれるのはすぐだが——

「——そろそろこっちの番だ」

ヌンサがつぶやいたその時。

歌が響いた。

ゼルガディスの耳に届くそれは、たとえるなら歌詞のない乙女のハミング。静かな夜を、あるいは海の深みを慈《いつく》しみ懐《なつ》かしむかのようなメロディ。

途端、ザバミの動きがぴたりと止まり——

「——るふしゅとらむ——」

ヌンサが何かつぶやいた、その瞬間。

海が貫かれた。

ヌンサの目の前、水が集まり凝縮し、さらに圧縮され槍《やり》となり錐《きり》となり針となり海を貫きザバミに迫り——

がづっ！

ザバミはあわててハサミをうち鳴らすと、衝撃波を発生させて攻撃を相殺《そうさい》しようとするが——

づドッ！

細く細く圧縮されたヌンサの錐はザバミの衝撃波をいともたやすく貫通し、構えたハサミをも貫いた！

もんどりうって吹き飛んだザバミの、右のハサミが割れちぎれ——飛ばされたいきおいを利用してそのまま逃走に移る！

ザバミは悟ったのだろう。たった今襲いかかったのが、かつて自分を一度追い詰めた相手だったのだと。

「追うぞゼルガディス！　摑まれ！」

『ああ！』

応えるとともにヌンサの足に摑まると、

「今度は本気で行くぞ」

言うなりヌンサは加速した。

——ゼルガディスは知る。

これまでのパトロールの時は、ヌンサは速度を抑えていたのだと。

海の水がすさまじい圧で正面から押し寄せる。呼吸をするのも、まともに目を開けていることさえも難しい。

それでもなんとか無理矢理目を開ければ、黒い影となったザバミの姿が少しずつではあるが小さくなってゆく。

このままザバミが水中を逃げれば振り切られるだろう。

――だが。

ザバミが向かっているのは岸の方。かつてと同じ相手なら、また陸に上がれば逃げ切れると踏んだのだ。

ほどなく岩場のすぐそばで、ザバミの黒影が水中から水面上へと消えてゆく。陸に上がったのだ。

「あとは頼むぞゼルガディス！」

叫んで光に――水面に向かって突進するヌンサ。ゼルガディスとともに水面を割って空の下へと飛び出した！

舞い散る水のしぶきが、陽の光にきらめく中。

眼下の岩場には身を潜めたザバミの姿！

どこを見ているのかもわからぬその両目と、ゼルガディスは目が合ったような気がした。

空中で呪文を詠唱し――岩場に着地すると同時に、岩に手をつき、『力あることば』を解き放つ！

「地撃衝雷《ダグ・ハウト》！」

大地の精霊に干渉し、地面を無数の槍と化す術！　ザバミの真下、岩が瞬時に石槍《せきそう》となり巨体を下から突き上げる！

ごがっ！

ザバミの体が持ち上がる。

――が。

持ち上がりはしたものの、槍はザバミを貫いてはいない。

――これに耐えただと――!?

ゼルガディスは内心驚愕《きょうがく》する。

人――いや、並の生き物なら串刺しにするはずの刺突を受けてなお、ザバミのカラはその身を守ってのけたのだ。

しかしこれならしばらく自由には動けないはず。今が攻め時！

ヌンサにも目で合図を送るべく、あたりをざっと見回せば、少し離れた岩の上、着地をミスったか横倒しになってびちびち跳ねるヌンサの姿！

——こっちだけでやるしかないか！

ゼルガディスは次の呪文を唱え——

だが。

ザバミはその身を大きくしならせて、左のハサミで石槍の一本をはさむと、そこを支点に大きく跳ねる！

弧を描いて宙を舞い——軌道からの落下地点は——もがいているヌンサのあたり⁉

押しつぶす気か⁉

「——ちぃっ！」

とっさに地を蹴るゼルガディス！　そのままヌンサに体当たり！　ヌンサは岩の上をつるりと滑って海に落ち、ザバミはゼルガディスの上にまともに落下する！

どがっ！

びギンッ！

「——⁉」

衝撃とともに、全身のあちらこちらから異音と痛み。

とっさに岩のくぼみに身を伏せて、まともに挟み潰されるのは防いだものの、痛手は受けた。

耐えきれたのは岩の肌ゆえか、あるいは伏せた場所が良かったか。いずれにしても、もっと大柄なヌンサが今のを食らっていれば、押しつぶされていただろう。

「――くっ……！」

痛みを無視して身を起こし、相手を見やって呪文を唱える。

跳ね落ちたザバミの方も当然痛手だったろうが、こちらに時間を与えるつもりはないらしく、身を起こしてハサミをふりかざす。

――大技を使う時間はなく、全身の痛みで集中力も落ちている。

唱えていたのは扱いやすい小技の呪文。

「爆煙舞《バースト・ロンド》！」

ぼばばばばばばっ！

小さな火球を多数生み出し放つ術。一発ずつの威力は小さく、人に使ってもせいぜいやけどをする程度。

もともと牽制《けんせい》か目くらましに使う術で、言うまでもなく、ザバミのカラを灼《や》き貫くなど絶対不可能。

だが。

ザバミは大きくのけぞりひるむ。

「火を味わったのははじめてだろう？」

つぶやきながら、ゼルガディスは海のそばまで後退する。

小さな火球の群れごとき、ザバミのカラには何の痛手にもならなかっただろう。

だが——貫きちぎり飛ばされた右のハサミの傷口に当たれば、その痛みはどれほどのものか。

ひるんでなお、ザバミは逃げを選ばない。

海がわにゼルガディスがいる以上、退路は陸の方にしかない。そちらは死地だと悟っているのだ。

活路は相手を倒すことのみ、と、ハサミをかまえてゼルガディスへと迫る！

さらに退《しさ》るゼルガディス。岩場の端はすぐ後ろ。そこから先は海の中。彼は左手をま横に上げて——

ザバミが迫る。そのハサミがくり出された瞬間——

ゼルガディスは大きく左に跳んだ。

同時に。

きユドッ！

海から出現した水の矢が、ザバミの体を貫いた！

巨大なハサミが硬直し――

刹那を置いて、全身が、足が、ハサミがでたらめにはね回る。

しかしそれも一時のこと。やがて体から力が抜けて――

ほどなく、ザバミはぐたりと岩場の上に崩れ落ち、完全に動きを止めたのだった。

「……終わったか……？」

「――らしいな」

水面から顔を出したヌンサに、ゼルガディスはザバミから目を離さないまま言った。

――合図を送れば、水中からヌンサが一撃を加えると信じ、ゼルガディスはザバミを海のそばまで誘導したのだ。

「――それにしてもお前の術、たいしたものだな。短い詠唱時間にもかかわらずこの威力。途中でも使っていたようだが、何だあれは」

水から岩場に上がってきたヌンサは、ゼルガディスの問いに、いささかのたのたした声で、

「……海王渦穿槍《だるふしゅとらむ》という術だが……人には使えんぞ……」

「なぜだ？」

「……水と左右のエラを使って……二つの呪文を同時詠唱する必要がある……」

「それは――確かに使えんな」

水中で聞こえたハミングのようなもの――おそらくはあれが詠唱だったのだろう。

「まあいいさ。おれの目的は別にある」

「……そうだったな……これでお前の求めるものが見つかれば良いが……」

「――ま、期待はしないでおく」

ゼルガディスは小さく肩をすくめたのだった。


翌日。

ゼルガディスとヌンサの二人は、魚人の集落へと続く、海岸ぞいの洞窟出入り口の近くにいた。

「……すまんな……ゼルガディス……」

「お前が謝ることじゃないさ」

口《くち》の端《は》に笑みを浮かべるゼルガディス。

――ザバミを倒し、魚人の集落へ戻ったあと。

感謝した長老は約束通り、ゼルガディスに、モズクとヒジキを分ける技術を教えてくれたのだが――

必要なのは根性と時間とピンセット、と言われた時点で、ああやっぱり、とゼルガディスは心の中でつぶやいていた。

もちろんそんな、ただの地道な仕分け作業が、人間の姿を取り戻す何かの参考になるわけもない。

――長老が熟練しすぎていて、仕分け作業をする手がゼルガディスの目をもってしても残像としか映らなかったのは、なかなか興味深い見物ではあったが。

しかしそれでも――

「……落胆……していないのか……？」

不思議そうにヌンサが問う。

――数日前には表情やしぐさを見ても全く読み取れなかったヌンサの感情が、なぜか今のゼルガディスには、なんとなくわかるような気がした。

「まあな」

強がりではなくゼルガディスは言う。

これまで彼は、人に戻る手段を探し、あらゆる手を尽くしたつもりになって、その結果がからぶりに終わると、落胆し、怒り、胸の裡《うち》に絶望を積もらせていた。

しかし今回。

魚人の集落に行き、全く違った生活や価値観に触れ、海に潜り、そしてヌンサの使う術を知り――

安堵《あんど》したのだ。

世の中には、自分の知らないことがまだまだいくらでもあるのだと痛感して。

世界は広い。

ゼルガディスが想像していたよりもずっと、ずっと。

全部の手を尽くしたつもりになっていたものが、実はさまざまなことを見落として――いや、見ようとしてすらいなかったのだと気づいたのだ。

ならば希望がどこかにあってもおかしくはない。

「……いつか……見つかればいいな……お前の望む方法が……」

「ああ。お前も――ほどほどに達者でな」

きびすを返して歩き出す。

まだ見ない――まだ知らない何かに向かって。

一度の空振りごとに絶望する必要などはないのだと知ったゼルガディスの心は、ずいぶんと軽くなっていた――

（水と陸との間《はざま》にて：完）

謝罪会見《あとがき》

作者・神坂一《かんざかはじめ》　＋　L

作：……えー……それでは。

『スレイヤーズすぴりっと。』発売に伴う謝罪会見《あとがき》をはじめさせていただきます。

本来ならば一刻も早く長編十八巻を書き上げなければならない所、このような運びとなりましたこと、心よりおわび申し上げます。

（フラッシュの点滅にご注意ください）

L：長編がいまだ上がらないことに関してですが、なぜこのような事態に？

作：あー……推測される原因は構想中の内容と密接に関わるものであり、語ることで今後のネタバレになる可能性が高く、説明はさしひかえさせていただきます。

……なんてあとがきの書き出しネタを前から考えてたら、TV界隈《かいわい》がごたつきはじめて時事ネタみたくなってしまった昨今。みなさんいかがお過ごしでしょうか。

L：さすがにこの本が出るころには、あっちの方は落ち着いてるでしょーけどね。

……たぶん。

作：そんなこんなでひさかたぶりの短編集をお届けします～。

L：内容は、ドラゴンマガジンに掲載された短編一本と、あとは短編書き下ろし。

でもっておまけに、いろんなイベントやドラゴンマガジンのふろくで書いたショート
エピソードもついてるわけだけど……

しっかし、前の巻から実際何年経《た》ったっけ？

結局コロナの期間を丸々またいでるわよね～。

作：うっ……たしかにっ……

しかしコロナも沈静化したとはいえ、油断したらよくないんだろうけどな。

最近はかなりの人がマスクしなくなったし。

L：そーゆー作者《あんた》は今でもマスクしてんの？

作：外をうろつく時は一応。

アレだけじゃなく、カゼやインフルの予防にもなるし。冬だと防寒具にもなるし。

つってもちゃんとした不織布《ふしょくふ》じゃなく、スッカスカのガーゼマスクだけどな。

L：……いや……どーなのよそれは。

ウィルス全然防げないよね？

作：そーだけど、メガネかけてるんで、不織布だとレンズが曇ってフツーに危ないんだ。

Ｌ：あー……特に冬だと……

衛生面に気をつかって、その結果他人にぶつかりまくり、とか、たしかにナニカを見失ってるけど。

作：あらゆる面でバランスの取れた対応ってむずかしいよなー。

実際コロナの最中には、間違った対応をしてて反省したこともあったなぁ……

Ｌ：間違った対応？

作：食事はもっぱら自宅とはいえ、外食することもあったんだが……

店によってはごはんおかわり無料だったりすると、食事中、店員さんから『ごはんのおかわりはいかがですか』とか聞かれることもある。

Ｌ：そこでフツーに答えちゃうと、アノご時勢だと、飛沫《ひまつ》が～、なんて話になっちゃうわけね。

作：うみゅ。とはいえ、わざわざマスクをつけなおすのも手間なんで、料理が出てくる前に読んでた、そばに置いた文庫本を口の前にかざして返事するようにしてたんだ。

Ｌ：……そんなに間違った対応とは思わないけど……？

作：いや……俺が外に出る時に持って出る文庫本って、読んでる途中で中断してもいいように一話一話が短い、って基準でたいてい実話怪談本なんだ……

つまり店員さんにとっての俺って、話しかけるたびに、うらめしげな女の顔とかおどろおどろしいナニカが描かれた本の表紙を向けてくる客なわけで……
L：ホラーハラスメント⁉
作：そのことに気づいてからは、フツーに手を口の前にかざすようにしました。
L：かざすのが扇子とかなら、公家《くげ》キャラ確立できたかもなのに。
作：いやそのキャラ立ち望んでないよ⁉
あの期間といえば、俺ってお話のアイデア出しをする時って、あまり乗客の多くない電車に乗ってあれやこれや考えることが多いんだが……
とーぜんあの状況ではこのテが使えなかったわけで。
L：コロナ禍なら乗客は少なかったんじゃないの？
作：だろーけど、ムダに外出るなっちゅー期間だったわけだし、もし他の客が他の原因であってもセキやクシャミしたら、やはり気になってアイデア出しに集中できなくなるのが見えてたからやらなかった。
ぼんやりゆっくり考えるのがなんか合ってるみたいなんだけど、部屋にとじこもっていてもイマイチうまくいかない、ってめんどくさい感じで。
L：外で人がいない場所……なら心霊スポットとか悲惨な事故現場とかで考えればっ！

作：アイデア出しー！　ノット心霊スポット巡りー！
　もしほんもののおばけとかいたらこわいだろ！
L：こどもか⁉
　てか、実話怪談が好きだったら、ふつー『一度は幽霊に会ってみたい』とかいう話になるんじゃないの？
作：ふつーなど知らぁぁぁぁぁぁぁぬっ！
　妖怪とか幽霊の話は好きだけど、もしそーゆーのが実在していたとしたら、出会いたいかと問われると絶対出会いたくないんじゃぁぁぁぁっ！
L：えー……？
　じゃあもし、お話とかであるような、めちゃめちゃかわいいもふもふ小動物系の妖怪とか美少女幽霊とかだったら……
作：アリだな！
L：おま。
作：ねこまた様ならばむしろウェルカムの方向で！
L：方針ぺらっぺらてのひら返しすぎる！
作：けど実話怪談系の話だとずっと前から気になってることがあって——

あの世界では『あれは語り手Aの話だ』とか『語り手Bの話をパクってる』とかいう話が時々持ち上がったりするんだが……

L：著作権……って、そりゃあ話を世に出したひとじゃないの？

アレの著作権的なものってどこにあるんだろう、って疑問が。

作：基本的というか法的にはそうなんだろうけどな。

『語り手Aの語りまたは記述』は『語り手Aの著作物』で『語り手Bの語りまたは記述』は『語り手Bの著作物』ってことになるんだろうけど。

ただ、『実話』ってことは、『体験者』がいるはずで。

その『体験者』が『語り手A』と『語り手B』の両方に体験談を語っていた場合。

元が同じ体験談な以上、語り口や描写は違っても、起きた事件というか現象そのものは変わらないわけだよな。

L：そりゃそうね。

じゃあ法律上の著作権はともかく、誰のってことだと、体験者の話ってことに……？

作：だが待ってほしい。

もし人の精神とか魂とかが幽霊になって実在したり、怪異が自己意思を持っていたとするならば。

実話怪談で語られる現象と恐怖演出をいっしょけんめい考えて実行に移した発案者は他でもない幽霊とか怪異当人なわけだぞ！

L：著作権者怪異説っ⁉

作：もちろん生きてる人じゃない以上、法的著作権があるわけじゃあないんだが。実質的な発案者はそっち、ってことになるのかなー、と。
生きてるこっちが『あれはAさんの話』『あれはBさんの話』とか言ってるのを聞いて『俺が一所懸命考えた出方なんじゃぁぁぁぁぁぁッ！　お前らの話じゃねーよ！』ってブチ切れてるんじゃあないかと思って。

L：どこ目線の話っ⁉
てか、どーゆーきっかけでそーゆー考えが生えて来るの⁉

作：いやー……アイデア出しとかだと、ワンアイデアをふくらませたりひねったり、一見関係なさそうな別のアイデアとくっつけたりとかしてお話をつくるわけだが……そんなことをやってると、連想からの連想からの連想とかで思考がどんどん横道にそれて、実話怪談の発案者は？　とか、人が幽霊とかおばけを見るしくみは？　とか、気がつくとンなことを考えてたりすることもままあるわけで。

L：……いやまあ……

そんなアイデアがいつかどこかで作品に活《い》かせれば別にいいんだけど……聞くかぎり無理そうねー……

作：たしかに普通なら無いなー……あとがきにえらいたっぷりページ数をもらったのに、書くネタがなくて締め切りが近い時とかなら話は別だがな！

L：今かっ!?

作：今この時だっ！

というわけでっ！

ぼくがかんがえた、ひとがおばけをみるしくみー！

L：……いや。まあいいけど……

作：まず前提となる事実として、人の脳には『記憶にある映像や音、イメージを使って、映像を即席で作ってそれを今見ていると感じる』って機能があります。

L：いや。『あります』ってサラッと言うけど、ほんとにあるのそんなもん？

作：うん。もし逆に、脳にこの機能がなかったとしたら、人は寝ていて夢という映像を見ることはできないことになるから、あるのは確実。

この機能に名前がついてるのかどうかまでは知らんけど。

L：あー。つまりは夢を見るための機能、ってこと？
作：うみゅ。なお起きてる時にこれが作動したら『幻覚』になる。
　でもってここからは仮説とゆーか妄想なんだが、幽霊とかお化けとかゆーのは、外部からこの機能に介入して強制作動させる何かなんじゃないだろーか、と。
L：外部から？　バトルもので幻覚攻撃をしてくる敵みたいなもんだと？
作：そうそう。そんなかんじ。『これこれこういう』映像を見ろ！　って、短い文章で表現できる程度の命令をねじ込んで、映像を強制的に作成視聴させて来る。
L：短い文章なんだ。
作：たとえば『おばあさんが追い越して行く』映像を見ろ、とか。
L：……それは……ふつーにおばあさんが追い越してくのを見るだけよね……？
作：そーだな。こっちが普通に歩いてたら、な。
　けどもし車に乗ってたら？
L：あ。
作：こっちが時速四キロだろうと百キロだろうと関係無しに『おばあさんが追い越して行く』映像を見るわけだから、車で走ってたら後ろからすごいいきおいでおばあさんが迫って来て、スピードを上げても近づいて追い越して行く……って典型的なターボババアの目撃例になるわけで。

一方こっちが歩いていたら、同じものを見ても急いでるおばあさんとしか思わない。

L：りくつではまあ、そーなるのかな……

ターボババアって幽霊目撃というより都市伝説だけど。

作：うん。わかりやすい例として出した。

また、ああいうものを見た人の体験談だと、『生きてる人と変わらないくらいはっきり』とか『ぼんやり』とか『ただの影』とか『顔や服が思い出せない』と、人によって見え方が違ったりするわけだけど——

『人影』を見る、と干渉された時、個々人が持っている映像やイメージの鮮明さによって見え方が左右されていると考えたら、わりと目撃例と一致するんだ。

『人の姿』が明確に記憶またはイメージできてる人にははっきりと。そうでない人にはそれなりに。

つまり、『何か』からの外部干渉を受けやすいかどうかってのと、当人が持つ映像やイメージの鮮明さが合わさったものが俗に言う『霊感』なんじゃないかと。

L：けどそれだと、幽霊は幻覚、ってことにならない？

作：いや。夢や幻覚を見るのと同じ機能が使われてるけど、当人自身の問題か外部干渉かの部分が違う。外部からの干渉を考えないと、同時に、あるいは時間を置いて、別の人が似たものを見る場合や、体験者が知らない情報を与えてくる場合のつじつまが合わない。

L：じゃあその機能に干渉して映像を見せようとしてくる『何か』……幽霊とかの正体ってのは何？

作：いや知らん。

L：投げたッ⁉

作：ああいうものをこういうしくみで見てるんだったなら、いろんな怪異体験談の『見え方』とつじつまが合うことが多い、っていう、仮説というより設定に近い話なんで、これが事実だとか、全部の現象が説明できる、ってわけじゃない。

そもそも実話怪談とされるものにも、作り話や盛られた話もあるだろうし。

全部をまるっと信じるわけじゃあないが、全部嘘《うそ》と全否定するよりも、もし本当だったらと考えて、しくみを考える方が面白いし。

L：その上で、映像を見せてくる『何か』の正体はわからない、と？

作：うん。

亡《な》くなった人の精神や魂なのか、電磁波みたいなものなのか。宇宙人のしわざとか全く未知の何かなのか……可能性だけなら無限。

お話を作るのならその正体を『何か』に設定していろいろできそうだけど、ガチで正体を突き止めようとしたら、それこそ生涯をかけた研究のレベルになるんで。

とりあえずいろいろ考えるだけ、ってことで。


L：……で。

そんなこんなをいろいろ考えて。

長編をうまく組み立てる案は思いつかなかった、と？


作：うっ……！

……お……おやっ⁉　たいへんだ！

いろいろ話しているうちにもうページがなくなったぞ！

L：……しらじらしい……けどまーいーわ。
ではではみなさん、次はまた『長編のあとがきで』お会いしましょー

作：ぐはぁっ⁉　……すみませんなんとかがんばります……

怪異談義《あとがき》：おしまい

初出

魔法使いの弟子志願　ドラゴンマガジン2023年11月号増刊

ヴィクトル=アーティーの診療所　書き下ろし

魔力剣のつくりかた　書き下ろし

『王子と王女とドラゴンと』　書き下ろし

水と陸との間《はざま》にて　書き下ろし

富士見ファンタジア文庫

スレイヤーズすぴりっと。

『王子《おうじ》と王女《おうじょ》とドラゴンと』

令和7年3月20日　初版発行

著者――神坂《かんざか》　一《はじめ》

発行者――山下直久

発　行――株式会社KADOKAWA

〒102-8177

東京都千代田区富士見2-13-3

0570-002-301（ナビダイヤル）

印刷所――株式会社暁印刷

製本所――本間製本株式会社

ISBN978-4-04-075774-2 C0193　◇◇◇

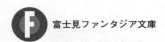

ファンタジア文庫
帰ってきた!
感動のクライマックスから約20年後——
高校生だった相良宗介と千鳥かなめは、
今や立派な大人に、そして……
愛するふたりの子どもを育てる、
仲睦まじい家族に……!?
相良家の刺激に満ちた日常を描く、
「フルメタ」新シリーズ、開幕!

シリーズ累計
※文庫＋コミックス
（ともに電子版を含む）
1,150万部突破！
シリーズ好評発売中！
「フルメタ」が
フルメタル・パニック！
FULL METAL PANIC!
Family
ファミリー
賀東招二 ill. 四季童子
SHOUJI GATOU
SHIKIDOUJI

世界最強の
“不可能任務”に挑む少女たちの
痛快スパイファンタジー！
スパイ教室
竹町
illustration
トマリ

切り拓け！キミだけの王道
ファンタジア大賞
原稿募集中！
賞金
《大賞》300万円
《金賞》50万円 《銀賞》30万円
選考委員
細音啓「キミと僕の最後の戦場、あるいは世界が始まる聖戦」
橘公司「デート・ア・ライブ」
羊太郎「ロクでなし魔術講師と禁忌教典《アカシックレコード》」
ファンタジア文庫編集長
前期締切 8月末日
後期締切 2月末日
公式サイトはこちら! https://www.fantasiataisho.com/